Volkhard Brandes
Den letzten Calypso tanzen die Toten

Über dieses Buch:

Die Bevölkerung Äquatorias erhebt sich – wenige Jahre nach dem Ende des Kolonialismus – gegen seine zu neuen Herrschern gewordenen ehemaligen Befreier. Inmitten dieses Geschehens abenteuert ein Europäer umher. Er träumt davon, Geschäft und gute Taten miteinander zu verbinden, und gerät dabei zwischen die Fronten. Die Liebe zu einer Aufständischen läßt ihn vom Beobachter zum Beteiligten eines Kampfes werden, in dem es bald auch um sein eigenes Leben geht.
Jenes Äquatoria, in dem diese Geschichte im Jahre 1963 spielt, ist alles andere als ferne, exotische Vergangenheit...

Über den Autor:

Volkhard Brandes, geboren 1939, trieb sich früher in vielen Teilen der Welt herum. *Den letzten Calypso tanzen die Toten* begann er 1963 in Afrika; er vollendete das Fragment Anfang der siebziger Jahre, ließ es ein Jahrzehnt liegen und veröffentlichte es – noch einmal überarbeitet – erstmals Anfang der achtziger Jahre. – Publiziert hat er im Laufe der Jahre u.a. Bücher über Afro-Amerika, ein Jugendbuch über eine „Easy Rider"-Reise durch Nordamerika, allerlei politökonomische Arbeiten, Texte zur Arbeiterbewegung, zur Aufarbeitung der Geschichte der BRD-Linken und zum Leben in der Bundesrepublik.

Das Foto zeigt den Autor
1963 in Afrika.

Volkhard Brandes

Den letzten Calypso tanzen die Toten

Eine tropische Revolutions-Romanze

Brandes & Apsel Verlag

Auf Wunsch informieren wir regelmäßig über unser Verlagsprogramm. Eine Postkarte an den Brandes & Apsel Verlag, Fichardstr. 39, D-6000 Frankfurt 1 genügt.

CIP-Kurztitelaufnahme der Deutschen Bibliothek

Brandes, Volkhard:
Den letzten Calypso tanzen die Toten: e. trop. Revolutions-Romanze / Volkhard Brandes. – Frankfurt (Main): Brandes und Apsel, 1987.
ISBN 3-925798-82-X

Umschlaggestaltung: Walter Hagenow, Frankfurt
Erstmals erschienen 1982 im extrabuch Verlag

ISBN 3-925798-82-X

INHALT

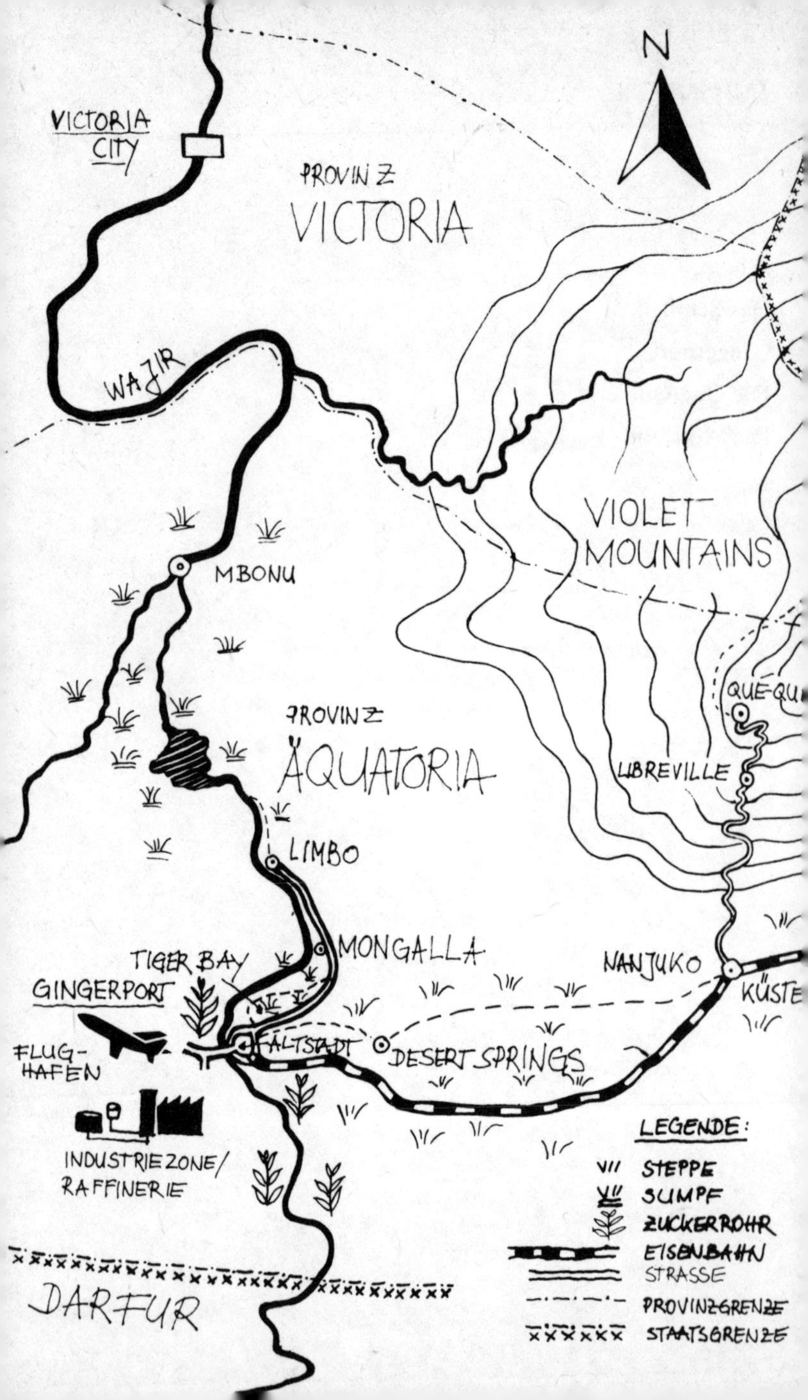
N
VICTORIA CITY
PROVINZ VICTORIA
WAZIR
VIOLET MOUNTAINS
MBONU
PROVINZ ÄQUATORIA
QUE-QU
LIBREVILLE
LIMBO
MONGALLA
TIGER BAY
GINGERPORT
NANJUKO
KÜSTE
FLUG-HAFEN
ALTSTADT
DESERT SPRINGS
INDUSTRIEZONE/ RAFFINERIE
DARFUR
LEGENDE:
STEPPE
SUMPF
ZUCKERROHR
EISENBAHN
STRASSE
PROVINZGRENZE
STAATSGRENZE

MBONU

Mittag liegt über dem Platz. In bunte Tücher gehüllte Marktfrauen hocken im Schatten breiter Sonnenschirme und bieten ihre Waren an: Bananen, Nähgarn, Kokosnüsse, alte Kleider, Mango, rostiges Werkzeug, Rattengift, Fahrradklingeln, Heiligenfotos, Melonen, Präsidentenporträts, abgegriffene Pornos, Plastikeimer, Kochtöpfe, zerbeulte Stahlhelme, Spielzeuggewehre. Unter der Marmorstatue des Vaters der Republik laufen halbnackte Kinder herum, Palmen biegen sich im heißen Wind, der vom Fluß herüberweht.

Im Schatten des einzigen Cafés sitzen einige Männer und stieren vor sich hin. Das Thermometer unter der zerfetzten blau-weiß gestreiften Markise zeigt über fünfzig Grad. Aus der Music Box schluchzt Elvis. Am weißgekalkten ehemaligen Gouverneurspalast, dem jetzigen Palast der Freiheit, wird die Wache gewechselt. Ein schwitzender, wild mit den Armen um sich fuchtelnder Unteroffizier kommandiert seine Männer hin und her und läßt sie vor der Fahne der Republik strammstehen. Niemand interessiert sich dafür. Ein verstaubter Jeep steht mit laufendem Motor mitten auf der Straße. Die Soldaten hängen schwitzend in den Sitzen, trinken sonnenwarmes Dosenbier und pfeifen hinter den wenigen Frauen her, die sich auf der Straße zeigen. Bauern sind auf abgemagerten Maultieren zum Markttag in die Stadt gekommen und machen einen Bogen um das Fahrzeug. Am Brunnen wartet eine Schlange von Leuten, Plastikeimer und -kanister neben sich gestellt. Einige Bettler schleichen vorbei und strecken die Hand aus, doch niemand gibt ihnen etwas.

Zwölf Uhr. Neben dem Bürgersteig liegt ein Mensch in einer grünen Kotlache. Auf seinem aufgerissenen Mund tanzen die Fliegen; seine Beine sind an den Körper gepreßt; sein rechter Arm liegt ausgestreckt auf der Straße. Ein Leben ist zu Ende. Unbeachtet. Ein Polizist geht auf und ab und sieht - um ein wenig Abwechslung zu haben - den Marabus zu, die mit ihren langen Schnäbeln in den Abfällen herumstochern. Über dem Platz kreisen Aasgeier.

Dem Gouverneurspalast gegenüber steht ein Obstverkäufer mit seinem Karren. Das Geschäft geht schlecht. Kinder sind seine besten Kunden. Nur daß sie nicht zahlen. Sie lauern in der Nähe, bis er einmal einen Moment nicht aufpaßt, um ihm dann eine Melonenscheibe oder ein Stück Kokos zu stehlen und johlend davonzurennen. Der Mann starrt über den langsam im Wind kreisenden Ventilator hinweg auf den Platz. Seine Augen sind leer. Der Ventilator ist mit bunten, raschelnden Papierstreifen behängt, um die Fliegen zu vertreiben. Aber die Fliegen lassen sich schon lange nicht mehr vertreiben.

Die Gesichter der Menschen sind vom Hunger gezeichnet. Die Augen glänzen fiebrig und scheinen nur noch auf das Ende zu warten. Vergeblich hofft die Frau neben dem Melonenverkäufer auf einen zahlungsfähigen Interessenten für ihre Hühner, die sie Tag für Tag in einem Korb auf den Markt trägt. Hühner sind längst zu teuer. Besser verkauften sich eine zeitlang Schlangen und Eidechsen. Aber seit die Hungernden sie überall fangen, sind sie auch fast unerschwinglich geworden.

In der Ferne heult eine Sirene auf. Die Kinder, die unter den Palmen in der Nähe des Denkmals spielen, laufen kreischend zum Fluß. Die Marktfrauen packen ihre Sachen in ein Tuch, werfen es über die Schultern und folgen ihnen. Aus den Cafés kommen die Männer. Sie kauen auf Zuckerrohr, spucken die ausgekauten Stücke auf die Straße und reden heftig aufeinander ein. Der Melonenverkäufer schiebt seinen Karren über den Platz.

Aus dem alten Gouverneurspalast marschiert ein Trupp Polizisten. Die Männer tragen Sandalen, bis auf die Knie reichende Shorts, leichte Khakihemden und weiße Tropenhelme. Der Anführer hat eine Maschinenpistole über der Schulter hängen; die anderen sind mit Lederpeitschen und Pistolen bewaffnet.

Der Platz ist leer. Auch die Soldaten im Jeep sind losgefahren. Nur der Tote liegt da wie zuvor. Die Marabus suchen ungestört in den Abfällen. Die Aasgeier kreisen tiefer.

Die Sirene heult ein zweites Mal auf. Das Schiff nähert sich dem Hafen von Mbonu. Die Menschen aus der Stadt drängen auf den hölzernen Anleger zu. Dort erwartet sie bereits die Polizei. Wo sie den Polizisten zu nahe kommen, schlagen diese mit Peitschen auf die Leute ein. Schreiend ergreift die Masse die Flucht, um gleich darauf wieder langsam vorzudringen. Dann wird das Schiff hinter dem Ufergebüsch sichtbar: sechs flache, paarweise aneinander gebundene Kähne; auf jedem dieser Boote mit Maschendraht verkleidete Aufbauten. An der dem Ufer zugewandten Schiffsseite drängen sich die Passagiere. Viele winken und rufen den am Ufer Stehenden etwas zu. Wer an der Reling keinen Platz gefunden hat, drängt sich gegen die Drahtnetze. Gesicht an Gesicht, die Augen auf das Ufer gerichtet. Auf der Brücke stehen einige Soldaten mit entsicherten Maschinenpistolen.

Langsam treiben die Schaufelräder das Schiff gegen den Steg. Der Druck der am Ufer Wartenden auf die Polizeikette wird stärker. Die Menschen am Ufer haben plötzlich ein Ziel. In manche Augen kehrt etwas Leben zurück. Das Boot ist die einzige Hoffnung dieser Menschen, dem Elend zu entkommen. Manchmal versucht die Bevölkerung in den Orten entlang des Flusses, das Schiff zu stürmen.
Alle Versuche wurden blutig niedergeschlagen. Für einige Zeit herrschte danach Ruhe, bis die Menschen es wieder versuchten.

Nirgendwo entlang des Flusses ist es so schlimm wie in Mbonu. Ein Wirbelsturm hat hier vor einigen Monaten den größten Teil der Ernte vernichtet. Dann kam das Militär und brannte - statt zu helfen - auf der Suche nach Aufständischen die noch stehengebliebenen Felder nieder, brach in die Häuser ein und schleppte mit, was es gebrauchen konnte. Die Menschen schwiegen. Sie waren froh, mit dem Leben davonzukommen. Die Hilfe aus dem Ausland erreichte den Süden nicht. Sie verschwand auf dem schwarzen Markt in der Hauptstadt. Höchste Regierungsbeamte hatten ihre Hände im Spiel.

Der Wajir bestimmt das Leben der Stadt. Er verbindet Mbonu mit dem übrigen Land. Die Stadt ist von Sümpfen umgeben. Die einzige Straße endet nach drei Kilometern an einer niedergebrannten Zuckerrohrplantage. Weiter wagt sich seit langem niemand mehr vor. So bleibt den Menschen nur das

Schiff, wollen sie hier raus. Aber die Fahrt kostet Geld, Geld das kaum einer mehr hat. Zweimal in der Woche legt ein Schiff in Mbonu an. Am Mittwoch auf dem Weg nach Norden, am Freitag in den Süden. Heute ist Freitag. Den Menschen ist es gleichgültig, wohin das Boot fährt, wenn sie hier nur rauskommen. Manche haben Knüppel, Speere, Keulen und selbstgeschmiedete, schwertähnliche Waffen in den Händen, andere rostige Fahrradketten oder Eisenstangen. Die meisten laufen in Lumpen herum. Manche sind völlig nackt. Andere tragen Shorts aus grobem Sackleinen mit dem Aufdruck *»GOVERNMENT PROPERTY«* über dem Hintern. Ganz vorn steht ein Mann in einem zerschlissenen T-Shirt mit dem Aufdruck *»ALABAMA STATE UNIVERSITY«* und einem bunten Wappen auf der Brust. Das Hemd reicht ihm bis zum Bauchnabel. Darunter ist er nackt. Niemand stört sich daran. Männer, Frauen und Kinder stehen dichtgedrängt nebeneinander. Die Mütter tragen ihr jüngstes Kind in ein Tuch eingeschlagen auf dem Rücken oder haben es sich an die Brust gelegt. Die älteren Kinder sind irgendwo in der Menge verschwunden. Hände werden in die Höhe gereckt und betteln um Brot. Doch niemand gibt ihnen etwas.

Auf der Brücke steht der Kommissar und leitet den Einsatz. Durch seine Nickelbrille beobachtet er die vorrückende Menge. Die breite, tief ins Gesicht gezogene Schirmmütze läßt sein Gesicht im Schatten. Der Mann ist klein und rundlich. Über seinem Bauch spannt sich ein breites Koppel, an dem Patronenmagazine, Pistole, Kartentasche, Taschenlampe und Gasmaske baumeln. Seine Füße stecken in schweren Reitstiefeln.
Er hat die gleiche hell-braune Haut wie seine eigenen Leute und die Polizisten, die seinem Befehl unterstellt sind. Die Bevölkerung des Südens aber hat eine dunkle Haut und spricht eine andere Sprache.

In der einen Hand hält der Kommissar ein Megaphon, in der anderen eine Maschinenpistole. Seine Aufforderung an die Bevölkerung sich zu zerstreuen, bleibt wirkungslos. Die Menschen drängen weiter vor. Die Polizisten weichen zurück. Die ersten stehen schon - dicht vor dem Schiff - bis zu den Knöcheln im Schlamm. Sie versuchen vergeblich, sich gegen die Menge zu behaupten. Der Kommissar geht nervös auf und ab. Aufgeregt trommelt er mit den Stiefeln gegen die Reling.

Die Absperrkette der Polizei gerät ins Wanken. Nervös berät sich der Kommissar mit seinen Sergeanten. Unterdessen drängt die Menge weiter nach vorn. Da bricht einer der Polizisten, von einem Speer durchbohrt, in der Nähe des Anlegers zusammen. Keiner der Polizisten scheint gesehen zu haben, wer aus der Menge den Speer geschleudert hat. Der Kommissar springt einige Schritte vor. Sein Gesicht ist rot vor Wut und Angst. Er schluckt einige Male, bevor er das Megaphon an den Mund nimmt. Dann gibt er den Schießbefehl. Seine Stimme ist hart und knapp; ihre Kälte steht in seltsamem Gegensatz zu dem nervös angeschwollenen Gesicht des Mannes. In die Soldaten kommt Bewegung. Sie drängen vor, soweit es geht, zufrieden, endlich etwas zu tun zu haben, hantieren an ihren Waffen herum, legen an und warten auf den Befehl abzudrücken. Daß sie auf Menschen schießen sollen, scheint keinen zu beunruhigen. Sie lieben ihren Beruf. Außerdem: Befehl ist Befehl. Und: es ist ja nicht das erste Mal, daß sie diesen Befehl bekommen.

Die Polizisten am Ufer haben sich unter dem Schiff in Deckung gebracht, liegen auf dem Boden, um nicht von Querschlägern getroffen zu werden.

»Fire!« brüllt der Kommissar auf Englisch.

Die erste Salve geht über die Köpfe der Menschen hinweg. Die Marabus auf dem Platz steigen erschreckt in die Höhe. Die Aasgeier ziehen sich für kurze Zeit zurück. Die Menge gerät in Panik. Die Soldaten legen zum zweiten Mal an. Dieses Mal zielen sie in die flüchtende Menge. Mehrere Menschen brechen zusammen. Schreie von Verletzten gellen über den Platz. Die Unverletzten laufen um ihr Leben. Der Platz leert sich. Nur die Toten und Verwundeten bleiben zurück.

»Nachsetzen! Gefangene machen!« schreit der Kommissar.

Polizisten und Soldaten rennen hinter den Flüchtenden her und schlagen auf jeden ein, den sie erwischen. Wer sich von den am Boden Liegenden noch bewegt, wird mit Kolbenhieben erledigt. Männer, Frauen und Kinder werden auf dem Platz der Republik zusammengetrieben. In der Nähe des Flusses gehen einige Schilfhütten in Flammen auf. Hier und dort hört man noch Schüsse. Ein Sergeant geht eilig am Ufer entlang und zählt die Toten.

Der Kommissar hat das Schiff verlassen und beobachtet das Geschehen aus der Nähe des Denkmals. Die Zahl der Gefangenen wächst von Minute zu Minute. Soldaten mit entsicherten Gewehren bewachen die Menge. Die verhafteten Männer starren nervös in die Runde. Kinder weinen. Frauen schluchzen und versuchen, ihre Kinder zu beruhigen. Wer noch laufen kann, ist in den Sümpfen hinter der Stadt verschwunden. Die Soldaten kehren mit ihren letzten Gefangenen zurück.

»Jagd einstellen!« brüllt der Kommissar über Megaphon.

Seine Leute sammeln sich auf dem Platz. Der Kommissar läßt sie antreten, richtet einige Wort an sie und befiehlt ihnen dann, Kinder und Frauen von den Männern zu trennen. Mit Peitschenhieben werden die Frauen und Kinder davongejagt. Die Männer bleiben mit ihren Bewachern auf dem Platz zurück. Die Stadt ist wie ausgestorben. Die Läden sind geschlossen, die Obststände verlassen, die Cafés geräumt. Der Tote in der grünen Kotlache liegt noch immer am Straßenrand. Am alten Gouverneurspalast sind die Jalousien herabgelassen. Auf dem Dach haben Soldaten hinter Sandsäcken ein Maschinengewehr aufgebaut.

Der Kommissar läßt einige Gefangene an die Palmen neben dem Denkmal fesseln, unter ihnen den Großen im gelben T-Shirt. Das Gesicht des Verhafteten ist starr, sein Körper regungslos. Mit den Augen verfolgt er jede Bewegung um sich herum. Über Megaphon erklärt der Kommissar die Gefangenen der Meuterei, des Aufruhrs, der Verschwörung und des Polizistenmordes schuldig und verurteilt sie im Namen des Volkes zum Tode durch Erschießen. Das Urteil ist auf Befehl des Kommissars unverzüglich zu vollstrecken.

Er läßt die Soldaten antreten, die Gewehre von der Schulter nehmen, entsichern und anlegen. Die Polizisten halten die abseits stehenden Gefangenen in Schach. Auf sein Kommando peitschen MP-Salven über den Platz, bis sich die an die Bäume gefesselten Gefangenen nicht mehr rühren. Der Kommissar geht mit einer Pistole in der Hand zu den Erschossenen hinüber und prüft, ob sie tot sind. Seine Leute stehen in der Nähe herum und rauchen eine Zigarette. Der Mann im gelben T-Shirt zuckt noch. Sorgfältig zielt der Kommissar auf den Kopf und drückt ab. Der Mann rührt sich nicht mehr. Unter seinem Körper breitet sich eine große Blutlache aus. Der Komissar geht zu seinen Leuten zurück und befiehlt, die Erschossenen loszubinden und unter das Denkmal des Vaters der Republik zu werfen.

Die nächsten Gefangenen werden herbeigeschleppt und an die Palmen gebunden. Die Zeremonie wiederholt sich. Einige Schüsse schlagen in den Marmor des Denkmals, andere treffen den ehemaligen Gouverneurspalast. Die Körper der Gefangenen zucken unter den Schüssen. Mit einer Handbewegung verjagt der Kommissar die Fliegen von seinem Gesicht. Er geht wieder von Mann zu Mann und prüft bei jedem einzelnen, ob er tot ist. Dann bricht er die Hinrichtungen ab. Sein Gesicht wirkt gelangweilt. Die Überlebenden werden davongejagt. Sie verschwinden hinter den ausgebrannten Schilfhütten.

Der Kommissar läßt Militär und Polizei nebeneinander antreten und dankt ihnen für ihre Tapferkeit. Die Polizisten kehren zum ehemaligen Gouverneurspalast zurück. Die Soldaten erhalten den Befehl an Bord zu marschieren. Bevor der Kommissar den Befehl erteilt, grüßt er die Fahne der Republik vor dem Palast der Freiheit.

Die Marabus fliegen auf den Platz zurück. Die Aasgeier kreisen wieder tiefer.

DAS SCHIFF

Kurz vor Abfahrt des Bootes taucht zwischen den Schilfhütten die Gestalt eines hageren Europäers in Shorts und Khakihemd auf. Aufgeregt kaut der Mann auf seinem rotbraunen Schnauzbart. Er trägt gelbe Plastikbadesandalen, eine gesprungene Sonnenbrille und eine Mütze mit dem Aufdruck *»COKE — IT'S THE REAL THING«*. In der einen Hand hält er eine erkaltete Pfeife, in der anderen eine Reisetasche. Über der Schulter hängt seine Fotoausrüstung.

Einige Schritte hinter ihm schleppt ein kleiner, aber kräftiger Mann zwei schwere Koffer. Über einem mit Palmen bedruckten Hemd und einer leichten Sommerhose trägt er den traditionellen Umhang der Leute aus dem Norden. Verblüfft lassen die Soldaten, die den Anleger kontrollieren, die beiden passieren.

»Die Fahrkarten, Sir«, stoppt sie jemand an Bord.

Als der Fremde zwei Fahrscheine dritter Klasse hervorholt, mustert ihn der Kontrolleur verächtlich und mißtrauisch zugleich.

»Was habt ihr denn da auf dem Koffer?« fragt er.

Mühsam entziffert er den alten Aufkleber, der seine Neugierde erweckt hat. Seine Stimme wird freundlicher: »Im Corpus Delta Hotel in Louisville sind Sie gewesen? Verdammt feiner Puff, was! Ich hatte da mal eine mit 'nem Elefanten auf den Bauch tätowiert. Extraklasse!«

Er zuckt mit den Schultern: »Bin damals ganz schön rumgekommen, das dürfen Sie mir glauben.«

Der Fremde lächelt höflich. Er verschweigt, daß es sich um eine Verwechslung handelt und auf dem Koffer Corpus Christi Hotel, der Name einer drittklassigen Absteige am Bahnhof von Silver Creek, steht.

"Weshalb laßt ihr denn eure Toten so rumliegen?" fragt er den Kontrolleur.

Der Mann übergeht die Frage. »Zur dritten Klasse durch den

Eingang da drüben.« Er dreht sich um und sieht den Männern zu, die die Taue am Ufer lösen.

Bevor der Fremde mit seinem Diener die dritte Klasse erreicht, wird er vom Kommissar angesprochen, der ihn von der Brücke herab beobachtet hat.

»Darf ich Ihren Ausweis sehen?«

Der Fremde zieht seine Papiere aus der Tasche.

»So, Adam Hay Finn heißen Sie. Jahrgang '34. Ihrer Majestät Untertan. In London geboren. Gesichtsform: oval. Augenfarbe: graublau. Keine besonderen Kennzeichen. Wirklich keine? Ein Mensch ohne besondere Kennzeichen? Die gibt's für uns nicht.«

Der Kommissar gibt ihm seine Papiere zurück.

Hay bahnt sich mit seinem Diener einen Weg durch die Menge. Die Herumstehenden starren ihn schweigend an.

»Wie Tote sehen die Lebenden aus«, sagt Hay zu seinem Diener.

»Denen geht's noch immer viel zu gut.«

Hay ärgert sich über die Bemerkung, antwortet aber nicht.

Inmitten des Gedränges sitzen einige Männer beim Kartenspiel auf dem Boden. Sie reden in einer Sprache, die weder Hay noch sein Diener verstehen. Als sich sich an der Gruppe vorbeidrängen, spuckt jemand gedankenlos auf Hays Koffer. Der Diener wischt den Christuskörper mit einem Stück Papier ab und wirft es angeekelt weg.

»Zielen können die Nigger ja«, sagt er. »Haben Ihren Christus getroffen.«

Hay bleibt einen Augenblick an der Reling stehen und sieht auf den Platz vor dem Gouverneurspalast, der noch immer menschenleer in der Sonne liegt. Neben dem Fremden beginnen einige Soldaten, die Herumstehenden schreiend vor sich her zu treiben.

»Los, weitergehen! Alles unter Deck, bis wir unterwegs sind!«

Sie zeigen auf die Käfige, in denen bereits unaufhörlich Menschen verschwinden.

Einer der Soldaten pflanzt sich neben Hay und seinem Diener auf: »Das gilt auch für euch. Ausnahmen gibt's bei dritter Klasse nicht.«

Bevor Hay in den Käfig geht, dreht er sich noch einmal um. Der Soldat notiert etwas in einem kleinen Heft.

Im ersten Augenblick kann Hay kaum etwas erkennen. Nur allmählich gewöhnt sich sein Auge an das Halbdunkel des Käfigs. Auf den Betten stapeln sich Koffer, Taschen, Decken, Brote, Melonen, Töpfe und Kleider. In den Gängen zwischen den vierstöckigen Betten rennen Kinder umher, springen über Kisten und Koffer und klettern an den eisernen Bettgestellen in die Höhe, um mit einem Satz in die Tiefe zu springen. Manche Familien haben ihre Haustiere mitgebracht: Hühner, Ziegen, junge Schweine. Das Werbeprogramm aus den Kofferradios verstärkt noch den Lärm. Unter der zum Oberdeck führenden Treppe liegt die Feuerstelle. Dichter Qualm steigt von dort auf und zieht durch den Käfig. Die Frauen am Herd sind mit grauer Asche bedeckt. Ihre Augen tränen. Immer wieder versuchen sie, das Feuer zum Lodern zu bringen, um etwas Eßbares aus Wasser, Hirse, Salz und verschimmelten Fleischfetzen zu kochen.

Verunsichert blickt Hay um sich. Ali steht hinter ihm und scheint nicht weniger verwirrt. Einige Männer kommen von draußen herein. Der Soldat am Eingang schreit hinter ihnen her. Niemand kümmert sich darum. Die Männer klettern die Treppe hinauf. Hay und Ali folgen ihnen. Sie kommen in den Männerschlafsaal. Auch hier ist alles überfüllt. Auf den Betten und auf dem Fußboden hocken die Männer. Sie spielen Karten, kauen Tabak, reinigen ihre Körper von Ungeziefer, ziehen bunte Glasperlen auf Plastikfäden oder schnitzen Kämme aus Ebenholz, die sie auf den Märkten verkaufen.

Neben dem Eingang steht ein Soldat, der Hay und seinem Diener ein Zeichen gibt, ihm zu folgen. Auf seinen Befehl hin werden zwei Etagen in einem der vierstöckigen Betten geräumt. Wortlos suchen die Ausgewiesenen ihr Gepäck zusammen und lassen sich auf dem Fußboden nieder.

Hay wirft seinen Koffer in den dritten Stock und klettert hinterher. Ali belegt das Bett über ihm. Die beiden packen aus, machen sich das Bett ein wenig zurecht und legen sich hin, um sich ein wenig auszuruhen. Die Luft ist heiß und stickig. Ruhelos wälzt sich Hay von einer Seite auf die andere. Bilder vom Tod steigen in ihm auf. Die Matratze ist hart und voller Ungeziefer. Er fängt an, sich zu kratzen und sucht im Stroh der Matratze nach Wanzen und Flöhen. Um sich abzulenken, zieht er eine alte amerikanische Zeitung aus dem Koffer und liest zum hundertsten Mal dieselben Anzeigen: Hormon-Präparate, Muskelstärker, aufblasbare Spielgefährten, Anti-Bettnässer, orientalische Sexspiele und Wasserpistolen. Er hat die Zeitung in der Hauptstadt Victoria gekauft. Sie war schon damals fast ein Jahr alt.

»Es gibt keine ausländischen Zeitungen mehr«, hatte der Händler gesagt. Monate scheinen seit jenem Tag vergangen zu sein. In der Erinnerung sieht Hay sich wieder auf dem überfüllten Bahnhof mit den zahllosen Bettlern, Schwarzmarkthändlern und hilflosen Familien aus der Provinz. Vor dem Eingang die schwerbewaffneten Polizisten und auf dem sonnendurchglühten Platz zwei Panzer, die Geschütze auf das Bahnhofsgebäude gerichtet. In der Nähe war er in ein Taxi gestiegen, dessen Fahrer ihn dreimal durch dieselben Straßen fuhr. Der Mann hatte nur gelächelt, als Hay ihn darauf ansprach:»This right way, Mister. This right way.«

Hay blättert in der Zeitung und liest von Kriegen, Weltrekorden, der Frühjahrsmode des vergangenen Jahres, Hungernden, Arbeitslosen und optimistischen Ausblicken in die Zukunft. Er wünscht sich eine neue Zeitung. Und eine Frau. Bis Gingerport gibt es.weder das eine noch das andere. Vielleicht nicht einmal dort.

Das Schiff schwankt leicht. Er weiß nicht, ob sie bereits unterwegs sind. Der Maschendraht ist mit Decken behängt, um die Sonne nicht hereinzulassen. Aber dieser Vorhang läßt auch keine frische Luft ins Innere. Es riecht nach Schweiß, Tabak, Gewürzen, faulendem Fleisch und Tieren. In Hays Nähe hängen einige Männer Streifen schimmeligen Fleisches an einer Leine zum Trocknen auf. Um die stinkenden Fleischfetzen schwirren die Fliegen. Als die Männer bemerken, daß Hay ihnen zusieht, lachen sie ihn freundlich an. Mühsam unterdrückt er seinen Ekel und lacht zurück.

Die Stunden vergehen. Hay bekommt Hunger. Er nimmt das

flache Brot, das er am Vormittag in Mbonu gekauft hat und bricht es in zwei Hälften. Das Innere ist grün von Schimmel. Enttäuscht wirft er es in die Ecke. Außer einigen Dosen Ölsardinen, etwas Kondensmilch, Oliven, einigen grünen Zitronen, einem Dutzend Kaugummi, einer Packung Reis, mit der er nichts anzufangen weiß, und einem Beutel Paranüssen hat er nichts Eßbares bei sich. Er weiß nicht, wie er die zehn Tage durchhalten soll. An Bord gibt es nichts zu kaufen, und in den Dörfern vor Gingerport gibt es angeblich auch nichts mehr, seit die Regierung die Lebensmittellieferungen eingestellt hat.

Er hört, wie sich Ali im Bett über ihm hin und her wirft.

»Bist du wach?« fragt er.

»Bei dem Krach kann ja keiner schlafen.« Ali schiebt seinen Kopf hervor. »Sehen Sie sich nur diese Kannibalen an. Fressen rein, was sie finden. Ohne uns wäre es noch schlimmer. Da säßen sie noch auf den Bäumen und fräßen sich gegenseitig auf.«

Hay übergeht die Bemerkung. Er vermeidet jede Diskussion mit diesem Ali, den ihm die Regierung in Victoria zugewiesen hat.

»Ich kann Ihnen das Permit nur geben, wenn Sie sich verpflichten, in Begleitung eines bei uns akkreditierten Dieners zu reisen«, hatte der zuständige Beamte im Innenministerium erklärt und dazu nervös an seiner Krawatte herumgezogen. »An und für sich dürfte ich Sie überhaupt nicht in den Süden lassen.«

Um nach Äquatoria zu kommen, mußte er die ihm diktierten Bedingungen akzeptieren. Unauffällig schob er dem Mann das bereits ausgehandelte Schmiergeld über den Tisch. Mit einem Kopfnicken steckte dieser die Scheine ein und legte Hay das Papier zur Unterschrift vor. »Am achtzehnten kommt jemand vor Abfahrt des Zuges zu Ihnen ins Hotel. Versuchen Sie nicht, ohne ihn abzureisen.«

Am verabredeten Tag kam dieser Ali. Zwanzig Pfund mußte Hay jede Woche für einen Mann ausgeben, dessen einzige Aufgabe darin bestand, ihn nicht aus den Augen zu lassen.

Hay holt eine Zitrone aus dem Gepäck, quetscht sie vorsichtig über seiner mit Wasser gefülllten Feldflasche aus und schüttelt dann die Flasche kräftig durch. Er hat Durst.

Einer der Schwarzen kommt auf ihn zu und bietet ihm etwas Kautabak an. Hay nimmt das Stück und schiebt es in den Mund. Ali zischt ihm zu, er solle sich nicht mit diesen Affen abgeben. Wenn sie erst den Respekt vor ihm verloren hätten, würden sie ihm die Kehle durchschneiden.

Hay findet keine Ruhe. Nervös erhebt er sich und geht auf das wieder freigegebene Deck hinaus. Er hockt sich auf den Schiffsboden und beobachtet, wie sich die Salem einen Weg durch die Schilfinseln bahnt. Das Wasser sieht klar und kühl aus. Hay steht auf und geht an der Außenseite des Käfigs entlang zum Heck. Leise schlägt das Wasser gegen den Schiffsrumpf. Ein Mann versucht, mit einer langen Stange die Schaufelräder von Schlingpflanzen und Schilfrohren zu säubern, die sich immer wieder darin verfangen. In der Nähe des Maschinenraumes tritt ihm jemand in den Weg und sagt, daß ihn der Kommisssar zu sprechen wünsche. Der Soldat, der den Aufgang zur Brücke bewacht, läßt ihn wortlos durch. Der Kommissar erwartet ihn bereits.

»Na, wie gefällt Ihnen dieses Land?«

Hay murmelt eine ausweichende Antwort, da er die Wahrheit nicht zu sagen wagt: Hitze und Hunger, die stinkenden Schlafsäle, die endlosen düsteren Schilfwände zu beiden Seiten des Wajir, das Elend an Bord und überall die Militärs. Der Kommissar führt ihn in seine Kabine. Der Raum ist so vornehm eingerichtet, daß Hay sich nach London versetzt fühlt. Auf Bitten des Kommissars nimmt er in einem Ledersessel Platz. »Einen Whisky?«, fragt der Kommisar. Hay nickt.

»Ich freue mich, Sie kennenzulernen«, beginnt der Kommissar die Unterhaltung. »Hier unten findet man selten Gelegenheit zu einem Gespräch mit einem gebildeten Menschen. Bis vor zwei Jahren war ich in Victoria. Da war das ganz anders.« Er füllt die Gläser. »Und was treibt Sie in diese Gegend?«

Hay zuckt mit den Schultern. »So genau weiß ich das selbst nicht. Ich bin gern unterwegs. Einige Monate habe ich in Rom verbracht. Danach war ich einige Wochen in Kairo. Eine Stadt, die an ihrem eigenen Dreck erstickt.«

»Und wohin reisen Sie jetzt?«

Hay überlegt. Er weiß es selbst nicht so genau. Er hat kein

besonderes Ziel. »Wo es mir gefällt, bleibe ich«, sagt er. Der Kommissar sieht ihn mißtrauisch an. »Aber Sie müssen doch ein Ziel haben, Mr. Hay. Wovon leben Sie denn?«

»Im Augenblick von meinen Ersparnissen. Wenn ich nichts mehr habe, wird sich schon irgendeine Arbeit finden.«

»Das glaube ich Ihnen nicht« sagt der Kommissar.

»Ich halte es nirgendwo lange aus. Ich habe immer getan, was ich wollte.«

Das Gesicht des Kommissars verdunkelt sich: »Abenteurer also? Bestimmt ein interessantes Leben. Und wie steht's mit dem Rauschgift?« Das Gespräch wird plötzlich zum Verhör.

»Hat mich nie interessiert. Frauen und Schnaps, das genügt mir.«

»Auch kein Handel mit dem Zeug, um schnell zu Geld zu kommen?«

Hay lacht. »Ich bin kein Geschäftsmann.«

Er versucht, das Gespräch vom Rauschgift wegzubringen. Die Polizei ist überall gleich. Man kann mit diesen Typen kein Wort reden, ohne daß sie einem eine Falle zu stellen versuchen. »Und was wollen Sie hier bei uns, Hay? Wer in diese gottverlassene Gegend kommt, will irgendwelche krummen Geschäfte machen. Für Träumer ist es zu heiß in Äquatoria. Da geht niemand freiwillig hin.«

Hay schüttelt den Kopf. »Wenn es mir in Gingerport nicht gefällt, fahre ich weiter nach Darfur. Mich interessiert das Land.«

»Kennen Sie jemanden in Gingerport?«

»Nein.«

Die Stimme des Kommissars wird schärfer. »Ich glaube Ihnen nicht. Sie verschweigen etwas.«

Hay versucht, das Mißtrauen des Kommissars zu zerstreuen. » Sie haben doch das Permit des Innenministers gesehen.«

» Das genügt nicht. Es sagt nichts darüber aus, was Sie hier vorhaben. Wieviel Geld haben Sie?«

»Neunhundert.«

»Das glaube ich Ihnen nicht. Europäer sind reich. Sie sollten sich Ihre Sicherheit etwas kosten lassen. Mindestens tausend. Unter meinem persönlichen Schutz kann Ihnen nichts passieren. Anderenfalls kann ich für nichts garantieren. Wir führen hier Krieg.«

» Ich werde schon durchkommen«, antwortet Hay. Er ist nicht bereit, schon wieder jemanden zu bestechen, um weiter zu kommen. Sie hatten ihn bereits in Victoria genügend ausgenommen.

» Ich bin müde«, sagt er, » ich möchte gehen.«

» Wie Sie wollen, aber bei Ihrem Aussehen und Ihrer Vergangenheit würde ich mir das Angebot noch einmal durch den Kopf gehen lassen. «

Das Gespräch mit dem Kommissar beschäftigt ihn noch, als er bereits im Bett liegt. Nein, er weiß selbst nicht so recht, weshalb er hier ist. Er hatte es in London nicht mehr ausgehalten, glaubte, im Nebel zu ersticken, im Regen zu ertrinken. Sein Leben war ohne besondere Höhepunkte verlaufen: eine behütete Kindheit in einer Beamtenfamilie, nur wenige Erinnerungen an den Weltkrieg; auf die Schule folgte das Studium und dann die Arbeit in einem Büro. Einige Jahre hatte er es dort ausgehalten. Abends ging er in seinen *pub* , in den Ferien reiste er auf den Kontinent, und hin und wieder hatte er eine Freundin, ohne sich allzusehr auf sie einzulassen. Er hatte nie einer Partei angehört oder sich sonstwie politisch betätigt. Sein politisches Interesse hatte sich darauf beschränkt, die Zeitung zu lesen und am Stammtisch über die Weltlage zu diskutieren. Das kann doch nicht alles im Leben sein, dachte er angesichts der Monotonie seines Lebens immer häufiger, wütend und unruhig zugleich. An trüben, nebeligen Wochenenden ging er jetzt häufig ins Museum: am liebsten sah er sich die ethnologischen und kolonialen Sammlungen an, die es in London in so großer Zahl gibt. Er beschloß, mit seinem bisherigen Leben zu brechen, bevor er dreißig wurde. So hatte er eines Tages gekündigt, seine kleine Wohnung aufgelöst, sein erspartes Geld vom Konto abgehoben, mit seinen Freunden Abschied gefeiert und war dann losgezogen...

Seit etwas mehr als einem Jahr war er jetzt unterwegs. Er war inzwischen neunundzwanzig. Er hatte, wie er dem Kommissar gesagt hatte, einige Monate in Rom verbracht, war dann nach Kairo weitergereist und von dort, ohne ein genaues Ziel vor Augen zu haben, wieder aufgebrochen. Allmählich ging sein Geld zu Ende. Er konnte sich nicht unbegrenzt weiter treiben lassen. Manchmal sehnte er sich inzwischen auch danach, wieder ein Ziel vor Augen zu haben.

Trotz des Lärms, der bis in die frühen Morgenstunden andauert, schläft Hay schließlich ein. Als es hell wird, beginnt der Lärm aufs Neue. Vergeblich versucht Hay, noch einmal einzuschlafen. Genervt steht er schließlich auf, zieht sich Shorts über und reiht sich in eine lange Schlange von Wartenden ein, bis auch er sich unter einem der beiden Wasserhähne, die für Hunderte von Passagieren ausreichen müssen, ein wenig waschen kann. Dann geht er in den Schlafsaal zurück. Auf dem Boden hocken einige Schwarze und essen mit ihren Fingern kalten Hirsebrei. Hungrig sieht er ihnen zu. Sie bemerken es und bringen ihm eine Schale Brei. Dankbar nimmt er an.

Gegen Mittag hält das Boot zum ersten Mal. Der Ort besteht nur aus wenigen Schilfhütten, die hinter dem dichten Ufergebüsch kaum zu erkennen sind. Nur wenige Menschen steigen zu, eine einzige Familie verläßt das Schiff. Nach einigen Minuten ist die »Salem« wieder unterwegs. Am Nachmittag geht ein heftiges Gewitter über dem Wajir nieder. Vergeblich versucht die Mannschaft, das Schiff auf Kurs zu halten. Von einer Sturmbö gepackt, wird eines der paarweise aneinandergebundenen Boote losgerissen und gegen die Schilfwand geschleudert. Nur ein einziges Tau hält noch das im Sturm hin und her taumelnde Boot. Durch den Regen dringen die grellen Schreie der um ihr Leben fürchtenden Passagiere.

Auf den anderen Booten strömen die Neugierigen an die Reling. Mit allen Kräften versucht inzwischen die Mannschaft, das in der Strömung herumtreibende Boot wieder heranzuziehen. Nach endlos erscheinenden Minuten gelingt es.

Hay steht inmitten der Neugierigen und fotografiert.

»Sie holen sich noch die Pest bei den Niggern«, flucht Ali neben ihm.

Hay explodiert. »Halt endlich dein Maul. Seid ihr denn etwas

Besseres? Nur weil ihr euch weiß fühlt, glaubt ihr, die Herren über alle anderen in diesem Lande zu sein.‹‹

Ali zieht den Kopf ein wenig ein und schweigt. Hay dreht aufgeregt am Objektiv seiner Kamera herum. Sein Wutausbruch hat ihn selbst überrascht.

Das Gewitter endet so plötzlich, wie es begonnen hat. Nach wenigen Minuten ist der Fluß wieder ruhig. Die Menschen auf dem Schiff gehen an ihre gewohnte Tätigkeit zurück. Aus der Küche kommen einige Männer mit einem Topf Hirsebrei. Sie hocken sich zum Essen auf den Boden. Einer von ihnen winkt Hay, sich dazu zu setzen. Die Männer lachen über seine Ungeschicklichkeit und zeigen ihm, wie man aus dem Brei kleine Kugeln zwischen den Fingern formt und in den Mund schiebt.

Nach dem Essen holen sie ihre Spielkarten heraus. Hay versucht, die Spielregeln zu erraten. Jemand kommt von draußen herein und bittet ihn durch Gesten, an Deck zu kommen. Einige Männer sind dort beschäftigt, eine Ziege mit einem Holzscheit zu schlachten. Einer hat das vor Angst zitternde Tier zwischen seine Beine geklemmt, während sich ein anderer daran macht, den Hals der Ziege mit einem Holz zu durchbohren. Hay packt den Mann am Arm und versucht, ihm durch Zeichen zu verstehen zu geben, daß er ein Messer holen will. Er rennt los. Als er mit dem Messer zurückkommt, liegt das Tier bereits in einer Blutlache auf dem Boden. Die Männer sehen ihn stolz an.

Die Sonne geht unter, und in wenigen Minuten wird es dunkel. Aus dem Schilf steigen die Moskitos empor. Hay flüchtet — von den ersten gestochen — in den Käfig. An der Kochstelle unter der Treppe liegt ein Mann. Er ist tot. Eine Frau gibt Hay ein Zeichen weiterzugehen. Von der Treppe wirft er noch einen Blick auf die Leiche. Nur Haut und Knochen. Verhungert, denkt Hay, steigt wieder die Treppe hinauf und geht an dem Soldaten vorbei, der den Eingang bewacht. Plötzlich steht einer der Schwarzen, mit denen er gegessen hat, neben ihm und flüstert auf Englisch: »Seien Sie vorsichtig! Big Chief hat was gegen Sie vor.«

Er versteht den Mann nicht, will nachfragen, doch da ist dieser bereits verschwunden. Beunruhigt geht er zu seinem Bett.

Ali wartet dort schon auf ihn. »Der Kommissar hat gerade zwei Männer geschickt, um Sie zu holen. Sie sollen sofort zu ihm kommen.«

Hay legt sich hin.»Wenn er was von mir will, soll er persönlich kommen.«

»Wenn es schlecht für Sie ausgeht, sind Sie selbst Schuld«, sagt Ali und dreht sich auf die Seite.

Die beiden Soldaten kommen nach wenigen Minuten zurück. Rücksichtslos drängen sie sich durch die auf dem Boden liegenden Männer. Wer nicht schnell genug Platz macht, bekommt einen Fußtritt.

»Der Kommissar erwartet Sie«, schreit einer der Soldaten.

»Ich komme ja schon«, meint Hay, knöpft seine Hose zu, steckt das Hemd rein und sucht seine Schuhe. Er streicht sich durch die Haare, versucht, den Abmarsch ein wenig hinauszuzögern und muß schließlich doch zwischen den zwei Soldaten den Käfig verlassen. Einer der beiden drückt ihm eine MP in den Rücken. Die Menschen im Saal starren der kleinen Gruppe schweigend nach.

Der Kommissar erwartet ihn in seinem Büro: »Da sind Sie ja endlich, Hay! Sie scheinen viel Zeit zu haben.«

Er sitzt in seinem Ledersessel und hustet. Mit der Rechten gießt er sich einen Whisky ein und kippt ihn hastig runter. Er beugt sich über den Schreibtisch und sucht nach einem Papier. »Ich habe eine wichtige Mitteilung für Sie. Vor einer halben Stunde traf über Funk eine Weisung des Innenministeriums ein, alle Ausländer unter polizeilichen *Schutz* zu stellen. Sie dürfen ohne meine Erlaubnis nicht mehr von Bord. Wenn Sie zu fliehen versuchen, werden wir von der Schußwaffe Gebrauch machen. Bei Nacht und in der Nähe von Ortschaften dürfen Sie den Käfig nicht mehr verlassen. Verstanden?«

Der Kommissar läßt ihm keine Zeit, Fragen zu stellen. Die beiden Soldaten bringen ihn in den Schlafsaal zurück. Ali ist nicht da. Nervös geht Hay zu Bett. Erst als jemand das Licht ausdreht und es etwas ruhiger wird, schläft er ein. Mitten in der Nacht wacht er auf. Über seinem Mund spürt er eine Hand, leicht und warm, und in seine Nase steigt ein mildes Parfum, das ihm die Angst ein wenig nimmt. Er genießt die Berührung, ohne sich zu bewegen.

Dann hört er eine leise Stimme. »Schlafen Sie noch?« Hay schüttelt den Kopf. Die Unbekannte drückt ihre Finger auf seine Lippen. Er spürt ihren Atem über sich. »Ich heiße Calypso«, flüstert sie. »Ich muß mit Ihnen sprechen.«

Ihre Finger gleiten über seine Lippen. Behutsam küßt er sie. »Wie in einem Abenteuerroman«, denkt er. »Zu erregend, um wahr zu sein.« Er muß an den Namen denken, den ihm die Fremde genannt hat. »Calypso. Merkwürdiger Name. Niemand heißt hier so. Die haben hier doch alle diese unaussprechlichen fremdartigen Namen.«

Geschmeidig schiebt sich die Fremde zu ihm ins Bett. Durch den dünnen Stoff ihres Kleides spürt er ihren Körper. Er zieht sie an sich. Mit einer Hand greift er nach ihren Brüsten. Sein anderer Arm stört ihn wie so oft, wenn er neben einer Frau liegt. Einen Augenblick träumt er von Marilyn Monroe. Warum die sich nur umgebracht hat? Die bekam doch, wen sie wollte — bei *dem* Körper...

Dann sind seine Gedanken wieder bei der Frau in seinem Bett. »Was willst du?« fragt er die Frau, die sich Calypso nennt, plötzlich mißtrauisch.

»Wir wollen deine Hilfe.«

»Wer seid ihr?«

»Die Qué-Qué.«

»Nie gehört. Hat dich der Kommissar geschickt?«

Sie lacht. »Big Chief ist unser Feind.« Ihre Stimme wird ernst. »Wir haben deinen Streit mit dem Spitzel Ali beobachtet. Du bist nicht wie die anderen.«

»Warum interessiert euch das?«

»Wir möchten, daß du für uns arbeitest.«

»Und was?«

»Waffen.«

Hay zuckt zusammen. Waffen. Krieg. Tod. Was diese Calypso von ihm fordert, erschreckt ihn. Er hat Angst.

»So lange ich genug zu essen habe, interessiert mich so etwas nicht.« Die Frau preßt sich eng an ihn. Wie immer, denkt sie, der Mann versucht, den Preis hochzutreiben. Wenn's ums

Geld geht, sind die Weißen alle gleich. Sie hat noch keinen getroffen, der nicht davon träumte, reich zu werden. Warum sollte dieser anders sein!

»Dir kann's doch egal sein, wie du zu Geld kommst. Geschäft ist Geschäft. Und mit Waffen ist hier das beste Geschäft zu machen.«

Hay mißtraut der Frau. Vielleicht kommt sie im Auftrag des Kommissars und versucht, ihm eine Falle zu stellen. Schon ihr Name ist verdächtig. Niemand heißt hier so, und niemand tanzt hier Calypso. Hier tanzt schon längst niemand mehr.

»Wofür braucht ihr die Waffen?«

»Für *unseren* Krieg. Wofür sonst?«

Er zittert. Die Frau scheint seine Angst zu spüren. Ihre Hände streicheln seinen Körper. Er wird wieder etwas ruhiger.

»Was du zu tun hast, ist so ungefährlich wie der Einkauf von Bananen oder Ananas. Damit kennt ihr euch doch aus. Du machst die Geschäfte für uns von Europa aus. Das *know how* bekommst du von uns geliefert.« Sie lacht. »Auf dem Schiff hält dich sowieso jeder für einen Waffenhändler. Zumindest für einen Rauschgiftaufkäufer. Auch der Kommissar. Zum Zeitvertreib kommt niemand in diese gottverdammte Gegend. Und wenn alle in dir den Waffenhändler sehen, warum willst du es dann nicht sein?«

Hays Lust auf die Fremde ist plötzlich so groß, daß er keine Antwort mehr gibt. Er versucht, ihr das Kleid hochzuschieben und zwischen ihre Beine zu greifen.

»Laß das«, sagt sie. »Ich muß jetzt gehen. Denk noch einmal über unser Angebot nach. Wir brauchen deine Hilfe. Und für dich ist es die große Chance.«

Sie verläßt ihn so leise, wie sie gekommen ist. Hay wälzt sich von einer Seite auf die andere. Die Begegnung läßt ihn nicht zur Ruhe kommen. Wer ist diese Frau? In wessen Auftrag kam sie zu ihm? Wer sind diese Qué-Qué? Ihm wird bewußt, wie fremd ihm dieses Land ist.

Auch am nächsten Morgen ist Ali noch nicht wieder da. Vergeblich sucht Hay nach ihm. Beunruhigt legt er sich schließlich wieder hin. Kurz darauf wird er verhaftet. Auch einige der

Schwarzen, die sich in seiner Nähe aufhalten, werden festgenommen. Auf dem Weg zum Ausgang sieht er den Schwarzen, der ihn am vergangenen Abend vor dem Kommissar gewarnt hatte. Er lehnt an einem Bettpfosten und sieht der Szene scheinbar gleichgültig zu.

Auf der Brücke kommt dem Gefangenen der Kapitän entgegen.»Der Kommissar erwartet Sie, Herr Hay. Wie konnten Sie nur so etwas tun!« Hay versteht ihn nicht. Der Kapitän ist ein glatzköpfiger Mann um die vierzig, der zu allem nickt und nichts versteht. Hay wird in die Kabine des Kommissars geführt. Der Kommissar erwartet ihn bereits. »Ich möchte ein Wort von Mann zu Mann mit Ihnen reden«, sagt er. »Nehmen Sie Platz. Ihr Fall ist nicht einfach. Persönlich mag ich Sie. Deshalb tut es mir leid, daß ich gegen Sie vorgehen muß. Aber das Gesetz steht über persönlichen Gefühlen. Unser Land geht schweren Zeiten entgegen. Provokateure versuchen, die Bevölkerung aufzuwiegeln. Besonders hier im Süden. Sie, Hay, werden der subversiven Tätigkeit im Dienst eines fremden Staates beschuldigt. Darauf steht die Todesstrafe. Wir haben genug Beweismaterial gegen Sie.«

Hay will etwas erwidern, doch der Kommissar schneidet ihm das Wort ab. »Regen Sie sich nicht so auf. Persönlich glaube ich nicht, daß Sie etwas damit zu tun haben. Sie sehen viel zu harmlos aus. Offiziell haben Sie sich jedoch der Subversion schuldig gemacht. Ihre Verurteilung liegt im Interesse unseres Staates, so hart das auch im ersten Augenblick klingen mag. Aber ich bin sicher, daß Sie sich damit abfinden werden.«

Hay bringt kein Wort hervor. Er blickt durch das Kabinenfenster und sieht, wie einige Gefangene an Deck geführt werden und sich niederkauern müssen. Soldaten mit Maschinenpistolen im Anschlag bewachen die Männer. Einige Meter von ihnen entfernt stellen einige Besatzungsmitglieder eine Reihe Stühle auf. In der Mitte steht ein Schaukelstuhl mit einem aufgespannten Sonnenschirm.

»Wir haben es angesichts der besonderen Lage etwas eilig«, sagt der Kommissar, als er Hays Blick durch das Fenster bemerkt.

In einem Anflug von Milde bietet er Hay einen Schnaps an. »Trinken Sie. Eine kleine Stärkung kann nicht schaden.« Er sieht auf das Deck hinab. »Ich glaube, es ist soweit. Wir können anfangen. Kopf hoch, Hay. Mehr als fallen kann er nicht.«

Er klopft seinem Gefangenen auf die Schulter.

Zwei Soldaten legen Hay Handschellen an und bringen ihn zu den anderen Gefangenen. Als er die Treppe hinabsteigt, wird gerade eine gefesselte junge Frau aus dem Käfig geschleppt. Hay beginnt zu zittern. Das muß Calypso sein. Nichts auf ihrem Gesicht verrät, daß sie ihn erkennt.

Immer mehr Menschen drängen an Deck. Zwischen den Stühlen, die für das Gericht reserviert sind, und den Zuhörern stehen Soldaten. Nach einigen Minuten steigt das Hohe Gericht von der Brücke herab. An der Spitze der Kommissar. Hinter ihm der schwitzende Kapitän. Dann einige Unteroffiziere und Mitglieder der Besatzung.

Der Kommissar setzt sich unter den Sonnenschirm in den Schaukelstuhl und läßt sich einen Whisky servieren. Der Kapitän zieht nervös an seiner Zigarette. Er sieht aus, als wolle er jeden Augenblick davonlaufen. Das hohe Gericht läßt sich Zeit mit der Eröffnung der Verhandlung. Der Kommissar steckt sich eine Zigarre an. Er ist Ankläger und Leiter der Verhandlung zugleich. Der Kapitän wird von ihm zum Richter ernannt, die anderen werden zu Beisitzern. Verteidiger gibt es nicht, da nach den Worten des Kommissars alle Angeklagten geständig sind und sich eine Verteidigung damit erübrigt.

Der Kommissar erhebt sich. Das Gericht und die Angeklagten folgen seinem Beispiel. Nur Calypso bleibt sitzen. Auch der Fußtritt eines Soldaten bringt sie nicht in die Höhe. Der Kommissar bewegt seine glühende Zigarre zwischen den Zähnen. Ungeduldig übernimmt er plötzlich auch die Rolle des Richters, die nach seinen eigenen Regieanweisungen dem Kapitän zusteht. Im Namen des Volkes eröffnet er die Verhandlung.

Zunächst fragt er die Angeklagten nach ihren Personalien. Ein Sergeant versucht, die Angaben zu Papier zu bringen. Die fünf Männer, die mit Hay verhaftet wurden, geben ängstlich Auskunft. Dann wendet er sich an Calypso. Die junge Frau aber schweigt. Der Kommissar wiederholt seine Frage. Sie sieht ihn verächtlich an: »Seit wann haben Sie denn ein so kurzes Gedächtnis, Big Chief? Meinen Namen müßten Sie doch seit Ihrem intimen Verhör kennen.«

Der Kommissar übergeht die Anspielung und fragt Hay nach seinen Personalien. Hay verlangt, sofort mit seiner Botschaft in Verbindung treten zu können. »Was Sie hier treiben, ist eine Posse, wie ich sie noch nie erlebt habe.«

Der Kommissar gibt seinem Schaukelstuhl einen Ruck nach vorn. »Ihre Privatmeinung können Sie sich sparen, Hay«, sagt er kalt. »Abenteurer wie Sie haben jedes Recht verwirkt. Ihre Botschaft hört Sie nicht. Hier herrschen wir. Kommen wir zur Sache. In der vergangenen Nacht wurde eine Verschwörung gegen unseren Staat aufgedeckt. Die Drahtzieher sitzen im Ausland. Das Haupt der Verschwörung steckt in unserer Hauptstadt. Ihre Helfer wühlen in allen Provinzen. Doch der Plan ist fehlgeschlagen. Die Verschwörer sind verhaftet oder auf der Flucht. Vor uns die niederträchtigen Banditen, die den Süden aufhetzen wollten.«

Hay starrt — über den Kommissar hinweg — auf die Menschen im Hintergrund. Er weiß nicht, was in ihnen vorgeht. Sie verstehen nicht einmal die Sprache, die hier gesprochen wird. Sie werden von Fremden, von Eindringlingen beherrscht.

Hay hat plötzlich das Gefühl, in eine Falle geraten zu sein, aus der es keinen Ausweg mehr gibt. Er kann sich vor Angst kaum noch auf den Beinen halten. Tränen steigen in seine Augen. Er will nicht ziellos ans Ziel gekommen sein — an dieses Ziel. Er hätte in Mbonu umdrehen sollen, als er das Massaker, hinter eine Schilfhütte versteckt, beobachtete. Dort spürte er zum ersten Mal diese Angst. Doch dann hatte er sie beiseite geschoben. Er glaubte sich sicher. Er hatte mit all dem nichts zu tun. Er war ja nur ein Fremder auf der Durchreise, ein Gast in einem ungastlichen Land... Jetzt war es zu spät umzudrehen. Sie hatten ihn in das Geschehen hineingezogen, ob er es wollte oder nicht.

Hay beobachtet den Kommissar. Der Kommissar repräsentiert die Macht der Zentralregierung, die Macht der Militärs.

»Kurz bevor wir das Komplott aufdeckten, hatten die Feinde

unseres Staates noch Zeit zuzuschlagen. Ali, treuer Diener dieses Verräters, ist verschwunden. Es gibt dafür nur eine Erklärung: *Mord.*« Der Kommissar zeigt auf Hay. »Er war diesem Herrn bei seinen schmutzigen Geschäften zu unbequem. Deshalb wurde er aus dem Weg geschafft.«

»Dieser Verräter hat versucht, an Bord eine neue Revolte zu inszenieren, nachdem sein Aufstand in Mbonu gescheitert war. Er ist es, der die Rebellen mit Waffen versorgt. Wir haben Beweise. Wir haben Zeugen.«

Hay springt auf. »Was Sie da behaupten, ist eine Lüge.«

Einige Soldaten stürzen sich auf Hay und reißen ihn zu Boden. Der Kommissar übergeht den Zwischenfall. »In der letzten Nacht war diese Frau bei Ihnen, Hay. Sie haben ihr Waffen versprochen. Ali war Ihnen im Weg. Deshalb wurde er noch in derselben Nacht von Ihnen umgebracht. Wollen Sie das etwa leugnen?« Der Kommissar steht schreiend vor den Gefangenen. »Wir werden diese Verschwörung im Keim zertreten. Für Söldner deiner Art ist hier kein Platz!«

Er läßt sich wieder in den Schaukelstuhl zurückfallen und spricht mit dem Kapitän. Hay blickt auf die Gefangenen an seiner Seite. Außer Calypso versteht wahrscheinlich keiner von ihnen, um was es geht. Ihr einziges Verbrechen ist es, in seiner Nähe geschlafen zu haben. Und was hat er getan? Wie ein Film sieht er noch einmal die letzten Wochen an sich vorüberziehen. Er verflucht seine Ahnungslosigkeit und sucht vergebens nach einem Ausweg.

Die Verhandlung zieht sich hin. Die Hitze auf dem schattenlosen Deck wird unerträglich. Es ist sinnlos, sich in diesem Prozeß zu verteidigen. Die Verhandlung ist eine reine Formsache.

Endlich erhebt sich der Kommissar, um in seiner Rolle als Ankläger die Bestrafung der Beschuldigten zu fordern: »Die Gefangenen sind gefährliche Gewaltverbrecher. Nachsicht ihnen gegenüber ist Schwäche. Im Kampf für die Pazifizierung Äquatorias kann es keinen Kompromiß geben. Deshalb fordere ich die Todesstrafe für alle Angeklagten.«

Das Gericht zieht sich zur Beratung zurück. Der Kommissar läßt auch den Unteroffizieren und Mannschaftsmitgliedern einen Whisky einschenken. Die Stimmung des Gerichts wird besser. Lachen und Gläserklirren klingen über Deck. Das Gericht läßt sich Zeit. Schließlich gibt der Kommissar dem Kapitän das Zeichen, die Urteile zu verkünden. Nervös erhebt sich der Mann. Einige Soldaten lachen. Stotternd liest er die Urteile von einem Zettel ab.

Der Kommissar wird ärgerlich: »Zum Teufel. Können Sie denn nicht einmal lesen, Sie Trottel?«

Der Kapitän ist völlig durcheinander. Wütend reißt ihm der Kommissar das Blatt aus der Hand und verliest selbst die Urteile. Hay und drei weitere Angeklagte werden zum Tode verurteilt, die übrigen zu lebenslänglicher Zwangsarbeit. Hay ist erst nach Bestätigung des Urteils durch das Innenministerum hinzurichten. Das Todesurteil an den drei anderen ist unverzüglich zu vollstrecken. Calypso als Verbindungsperson zwischen dem Hauptangeklagten und der Untergrundorganisation bekommt lebenslänglich und ist, solange sie an Bord bleibt, in verschärfter Einzelhaft zu halten. Die übrigen dürfen sich bis Gingerport innerhalb des Käfigs bewegen.

Die Soldaten beginnen mit den Vorbereitungen zur Hinrichtung. Der Mast wird vom Kommissar zum Galgen bestimmt. Ein Besatzungsmitglied bringt drei Stricke, die am Mast befestigt werden. Das Ende jedes Stricks wird zu einer Schlinge gelegt. Unter den Schlingen werden Stühle aufgestellt. Einer der Soldaten bindet den Verurteilten ein Tuch über das Gesicht und zieht ihnen die Fesseln auf dem Rücken an. Ihre Beine bleiben frei, damit sie zu ihrer Hinrichtung gehen können.

Die Todeskandidaten werden auf die Mitte des Decks geführt. Sie gehen wie Schlafwandler. Der erste besteigt, von zwei Soldaten dazu gezwungen, den Stuhl. Ein dritter legt ihm die Schlinge um den Hals. Das gleiche Ritual wird unter den beiden anderen Schlingen vollzogen. Einer der Gefangenen muß auf den Stuhl gehoben werden, da seine Beine versagen. Soldaten mit entsicherten Gewehren stehen der schweigenden Menge gegenüber. Die Stille an Bord ist unerträglich. Dem Kapitän steht der Schweiß auf der Stirn. Hay kämpft gegen einen Schwächeanfall. Er spürt, wie Calypso neben ihm zittert.

Die Soldaten warten auf den Befehl zur Hinrichtung. Mit harter Stimme gibt der Kommissar das Kommando. Die Soldaten reißen den Verurteilten die Stühle unter den Beinen weg. Die Gefangenen stürzen in die Tiefe. Dicht über dem Boden endet der Sturz in der Schlinge, die sich mit einem Ruck zuzieht und den Männern das Genick bricht.

Einige Zuschauer schreien auf. Hay schließt vor Übelkeit die Augen und versucht sich abzulenken. Als er die Augen wieder öffnet, sieht er, wie der Kommissar dem Kapitän zuprostet. Aus der Menge dringen Schreie zu ihm herüber. Dazwischen Weinen.

»Alles rein in den Käfig«, befiehlt der Kommissar.

Seine Leute schlagen mit Gewehrkolben auf die Zuschauer ein. »Das ist die einzige Sprache, die diese Nigger verstehen«, sagt der Kommissar zum Kapitän.

Einige Soldaten schleppen einen Hundezwinger heran, den sie unter dem Mast aufstellen. Einer von ihnen zieht einen Schnaps aus der Tasche, prostet den Erhängten zu und läßt dann die Flasche kreisen. Die Soldaten lachen. Ihr Blick fällt auf Calypso.

»Jetzt bist du dran, Baby! Ein hübsches Plätzchen haben wir für dich gefunden. Warte nur, bis es dunkel wird. Über Einsamkeit brauchst du dich heute nacht nicht zu beklagen.«

Die Soldaten sehen sie lüstern an. Einige packen sich Calypso und schleppen sie zum Käfig. Mit Fußtritten treiben sie sie in den Zwinger. Sie kann darin weder sitzen noch ausgestreckt liegen. Ihre Arme und Beine sind noch immer gefesselt.

Einer der Soldaten schiebt eine Schale Wasser in den Käfig. »Sauf, Hündchen«, lacht er und klatscht ihr durch das Gitter auf den Hintern.

Als er aufsteht, stößt er an eine der Leichen.

»Verzeihung«, murmelt er erschrocken.

Als Calypso eingesperrt ist, kommt einer der Soldaten und läßt die übrigen Gefangenen frei. Wie betäubt geht Hay in den Schlafsaal zurück. Er legt sich ins Bett, zieht die Decke über sein Gesicht und verspürt nur noch den Wunsch einzuschlafen und nie wieder aufzuwachen.

Er verbringt eine unruhige Nacht. Erst am Morgen bringt er seine Angst so weit unter Kontrolle, daß er es wagt aufzustehen. Er geht an den Maschendraht, um einen Blick nach draußen zu werfen. Die Leichen der Hingerichteten sind verschwunden. Calypso liegt zusammengekrümmt im Zwinger und scheint zu schlafen. Ihr Kleid ist zerrissen und ihre Haut blutig. Die Fesseln hat man ihr abgenommen.

Als er sich umdreht, steht der Schwarze hinter ihm, der ihn vor dem Kommissar gewarnt hatte.

»Ich muß Sie sprechen«, sagt er.

Er geht in die Küche. Hay folgt mit einigem Abstand. Außer einer alten Frau, die in der Glut herumstochert, ist niemand im Raum. Beißender Qualm liegt über der Feuerstelle. Hay wird von einem Hustenanfall geschüttelt.

Der Mann erwartet ihn hinter dem Eingang. Er hat es eilig.

»Wir wollen Sie und Calypso befreien.«

Hay sieht den Mann mißtrauisch an. Er denkt an eine Falle, doch dann denkt er auch daran, daß dieses Risiko für einen zum Tode Verurteilten keine große Rolle mehr spielt. »Ich habe nichts zu verlieren«, antwortet er. »Aber weshalb wollt ihr mich befreien?«

»Das erfahren Sie später. Wir dürfen nicht zusammen gesehen werden. Können Sie schwimmen?«

Hay nickt.

»Gut. Heute nacht sind wir in der Nähe von Limbo. Dort wird das Ufer wieder fester. Der Kommissar wird uns bei Nacht nicht verfolgen. Alles weitere erfahren Sie später.«

Der Mann verschwindet. Nachdenklich geht Hay in den Schlafsaal zurück. Er wird das Angebot annehmen müssen. Es scheint seine einzige Chance zu sein. Eine höfliche Stimme unterbricht ihn. Neben ihm steht einer der Sergeanten.

»Ich habe eine wichtige Mitteilung, Mr. Hay. In Victoria hat in der vergangenen Nacht das Anti-Imperialistische Revolutionskomitee der Vereinigten Streitkräfte die Macht übernommen. Das Land steht hinter der neuen Regierung. Eine der ersten Verfügungen des Revolutionskomitees war die Freilassung aller politischen Gefangenen. Sie sind also nicht länger in Haft. Ich darf Ihnen gratulieren.«

Hay weiß nicht, ob er träumt.

»Was sagt der Kommissar dazu?« fragt er.

»Der Kommissar steht unter Arrest. Das Revolutionskomitee hat Mannschaften und Unteroffiziere aufgerufen, alle Offiziere zu verhaften, die der Zusammenarbeit mit den Imperialisten verdächtig sind.«

Über den Lautsprecher wird von einer Militärkapelle die Internationale gespielt. Die Männer im Käfig sind einen Augenblick erstaunt, Musik zu hören, gehen dann jedoch wieder ihren alten Tätigkeiten nach. Sie scheinen die Melodie nicht zu kennen. Hay erinnert sich an das Lied, weil er es im Fernsehen in Sendungen über Rußland und China gehört hat.

»Kennen Sie den Song?«, fragt er den Sergeanten.

»Nie gehört. Wird wohl unsere neue Nationalhymne sein.«

Seltsame Revolution, denkt Hay. Die Leute kennen nicht einmal die Internationale.

Der Sergeant verabschiedet sich. Hay springt aus dem Bett und läuft zur Tür. Er ist ein freier Mann. Niemand hindert ihn daran zu gehen, wohin er will. Er ist *frei*. Verwundert bemerkt er, daß er der einzige zu sein scheint, dem der Umsturz etwas bedeutet. Die anderen benehmen sich wie immer. Er geht an Deck. Draußen wird gerade Calypso freigelassen. Sie kann sich kaum auf den Beinen halten. Er geht zu ihr hinüber und legt seinen Arm um sie.

»Danke«, sagt sie.

»Wir sind wieder frei«, bemerkt er glücklich.

Sie sieht ihn ironisch an.

Er versteht ihren Blick nicht. »Freust du dich denn nicht, frei zu sein?«

Sie sieht müde und resigniert aus. »Doch Hay.«

Er redet weiter. »Die Neuen spielen die Internationale. Seltsam, mit gefällt plötzlich dieses Lied, das für mich früher Unfreiheit bedeutete. Wir sind frei. Der Kommissar ist verhaftet. Ist denn das nichts?«

»Doch.«

Hay versteht ihre Einsilbigkeit nicht.

»Was heißt Qué-Qué?« fragt er.

»So heißen die Minen, in denen ihr uns das Blut aussaugt. Dort hat *unsere* Revolution begonnen.«

Der Mann macht sie nervös. In Wirklichkeit interessiert ihn das wahrscheinlich so wenig wie alle Weißen. Sie wollen schnell reich werden, mit schwarzen Frauen schlafen und auf Safari gehen. So lange man tut, als ob man sie bewundert, kommt man einigermaßen mit ihnen aus. Sie sind so von sich überzeugt, daß sie ein schwarzes Gesicht schon am nächsten Morgen vergessen haben. Hay wird da keine Ausnahme sein. Wie ein Blinder ist auch er nach Äquatoria gekommen. Am liebsten hätte sie ihn stehen gelassen und nie wieder gesehen. Aber die Organisation braucht ihn.

Aus dem Lautsprecher erklingt schon wieder die Internationale. Dann spricht jemand in einer Sprache, die Hay nicht versteht. Calypso hört aufmerksam zu.

»Jetzt wissen es alle, daß wir eine neue revolutionäre Regierung über uns haben.«

»Freut sich denn niemand?« fragt Hay.

»Die Leute haben schon zu viele Putsche miterlebt. Rechts. Links. Rechts. Links. Es hat sich für sie nichts geändert. Alle wollten Schluß machen mit dem Krieg gegen uns. Keiner hat sein Versprechen gehalten. Sie sind alle gleich. Bei den rechten Militärs bekommen die Amerikaner das Geld aus unseren Ölquellen, bei den linken die Russen. Den Krieg gegen uns führen beide weiter.«

Sie lehnt sich an Hay. Er spürt die Wärme ihres Körpers und will ihr etwas Freundliches sagen. Aber sie scheint so wütend, daß er den Mut dazu nicht findet.

»Und dann treiben sich hier noch Idioten deiner Art herum, die nichts von dem begreifen, was hier gespielt wird. Wir wollen euch so wenig wie die *anderen*, die euch Engländern gefolgt sind: mit einer fremden Sprache, einer fremden Kultur, einer fremden Geschichte und einer anderen Hautfarbe — und die das vollenden, was ihr begonnen habt. Ihr habt Menschen, die keine gemeinsame Geschichte haben, in einem Staat zusammengezwungen. Und andere voneinander getrennt! Vor fünfzig Jahren habt ihr einen Breitengrad zur Grenze erklärt und die Stämme im Süden gespalten, die immer zusammengelebt haben. Durch einen Breitengrad, den es in nur in euren Hirnen gibt.

Wer nördlich dieses Breitengrades lebte, wurde mit den Fremden im Norden zu einer Kolonie vereinigt. Wer südlich dieser Grenze lebte, wurde einer anderen Kolonie, Darfur, zugeschlagen. Seit ihr euch vor einigen Jahren aus euren Kolonien zurückgezogen habt, hat sich an diesen Grenzen nichts geändert. Das von euch ausgebildete und von euch weiterhin abhängige Militär aus dem Norden übernahm die Macht. Von Victoria City aus werden wir wie schon vor fünfzig Jahren unterdrückt. Neue Gesichter erhalten uns den alten Zustand. Was für ein Fortschritt!«

Kurz vor Limbo enden die Sümpfe. Der Wajir hat wieder einen festen Flußlauf. Das Ufer ist mit fast undurchdringlichem Unterholz bewachsen. Nur in der Nähe der Stadt ist das Ufer gerodet und mit Kokospalmen bepflanzt. Seit Beginn des Bürgerkrieges verfallen die Plantagen. Das Gebiet um die Stadt ist in den Händen der Qué-Qué. Das Militär wagt sich schon seit langem nicht mehr über die Stadtgrenzen hinaus. Die Straße, die von Limbo nach Süden führt, wird bis Mongalla von den Aufständischen kontrolliert. Auch der kleine Flugplatz kann von den Regierungstruppen nicht mehr benutzt werden, seit sich die Qué-Qué in der Nähe eingegraben haben und jede anfliegende Maschine unter Feuer nehmen. Selbst der Schiffsweg wird von Woche zu Woche unsicherer. Fast jedes Boot wird beschossen. Die Fahrten werden inzwischen so geplant, daß Limbo nachts angelaufen wird.

In dieser Nacht ist die Nervosität unter den Soldaten besonders groß. Niemand weiß, ob die Qué-Qué angesichts des Machtwechsels in Victoria zum Waffenstillstand bereit sind. Im hellen Mondlicht bildet die »Salem« eine ideale Zielscheibe für den unsichtbaren Feind. Hinter niedrigen Sandsackbarrikaden liegen MG-Schützen an Bord und beobachten das dicht bewachsene Ufer. Die Qué-Qué schlagen immer überraschend zu. Sie greifen niemals von der gleichen Stelle aus an. Diese Taktik macht sie fast unverwundbar. Sie bestimmten Zeitpunkt und Ablauf des Geschehens, nicht das Militär.

Außer dem monotonen Stampfen der Schiffsmaschine und den Bugwellen ist kein Laut zu hören. Plötzlich hämmert ein

Maschinengewehr durch die Nacht, dann ist wieder Ruhe. Aus dem Käfig dringen Angstschreie nach draußen. Die Leute wissen nicht, daß einer der Soldaten in seiner Nervosität geschossen hat.

Langsam fährt das Boot weiter. Von den Qué-Qué ist nichts zu sehen und zu hören. Der befehlshabende Sergeant springt die Brücke herab. In diesem Augenblick blitzt am Ufer Mündungsfeuer auf. Mit einem Fluch läßt er sich hinter eine Sandsackbarrikade fallen. Der MG-Schütze, der dort auf Posten liegt, beugt sich über ihn.

»Schieß doch, du Idiot«, brüllt der Sergeant.

Der Soldat packt das MG und ballert in das Ufergebüsch. Die anderen MG-Schützen sind bereits in Aktion. Leuchtspurmunition erhellt das Ufer. Vergeblich versuchen die Soldaten, den unsichtbaren Gegner auszumachen. Dann fällt das Ufer wieder ins Dunkel zurück. Erneut umgibt die Stille der Tropennacht das Boot, bis sie — noch in der Nacht — Limbo erreichen.

Am nächsten Morgen geht Hay über Deck. Sie haben Limbo noch vor Sonnenaufgang wieder verlassen. Die Angst der vergangenen Nacht hat auf den Gesichtern der Menschen keine sichtbaren Spuren hinterlassen. Die Sandsackbarrikaden sind verschwunden.. Das Schiff hat wieder sein alltägliches Aussehen.

In der Nähe der Brücke begegnet Hay dem Kommissar. »Ich dachte, Sie seien verhaftet«, sagt Hay erstaunt.

»Schon vorbei«, antwortet der Kommissar. »Um der drohenden Anarchie rechtzeitig entgegenzutreten, hat die neue Regierung befohlen, alle Offiziere, die Selbstkritik üben, wieder in ihre Positionen einzusetzen.«

»Und das haben Sie getan?«

»Ja.«

Er genießt Hays Überraschung.

»Eine realistische Einstellung Ihrer Genossen, finden Sie nicht? Hätte ich euch nicht zugetraut.«

Verwirrt verabschiedet sich Hay. Er versteht nicht, was hier gespielt wird. Die neue Regierung ist angeblich sozialistisch oder sogar kommunistisch eingestellt. Er hat immer gehört, daß Kapitalismus und Sozialismus einander ausschließen. Man ist für das eine *oder* das andere. Hier aber herrschen dieselben Leute an einem Tage im Namen der westlichen Demokratie und am nächste Tag im Namen des Kommunismus. Er versteht den Unterschied zwischen den Systemen nicht mehr.

Er setzt sich in die Nähe der Schaufelräder und sieht zu, wie sie Wasser und Pflanzen durcheinanderwirbeln und das Schiff langsam vorwärtstreiben. Er denkt über die Ereignisse der letzten Tage nach. Einige Menschen scheinen aus jeder Situation erfolgreich hervorzugehen, die anderen immer die Betrogenen zu sein. Die Hymne, die dazu gespielt wird, und die großen Worte sind offensichtlich ohne besondere Bedeutung. Vielleicht hatte das Calypso gemeint, als sie sagte, daß sich mit dem neuen Regime nichts geändert hat.

Am Horizont wird gegen Mittag eine flache Hügelkette sichtbar. Am Ufer wachsen schlanke Kokospalmen. In ihrem Schatten stehen niedrige Grashütten. Vor den Eingängen sitzen die Frauen bei der Arbeit und sehen kaum auf, als das Schiff vorbeifährt. Die Männer kommen in kleinen Gruppen zum Fluß hinab, um nach einem Bekannten an Bord Ausschau zu halten und einige Begrüßungsworte herüberzurufen. Am aufgeregtesten sind die Kinder. Das Vorbeifahren des Bootes ist das Ereignis der Woche.

Hay lehnt an der Reling und versucht, seine Situation zu begreifen. Er hätte sich gern mit Calypso unterhalten. Aber seit ihrem letzten Gespräch geht sie ihm aus dem Weg. Neben ihm steht plötzlich der Kommissar. »Immer noch so nachdenklich? Freuen Sie sich doch über Ihre Freiheit. Dieses Mal haben Sie es ja geschafft.« Hay dreht sich um, ohne zu antworten.

GINGERPORT

Kurz vor Sonnenuntergang legt die »Salem« in Gingerport, der Hauptstadt des Südens, an. Limonadenverkäufer, Marktweiber, Schlangenbeschwörer, Gepäckträger, Bettler, Kinder, Taschendiebe und zahllose Neugierige stürmen das Boot. Hay hat alle Hände voll zu tun, damit ihm niemand den Koffer aus der Hand reißt oder die Fototasche von der Schulter.

»Hotel, Mister?«

»Porter! Porter!«

»Very good girls, Mister! Very good! Come with me!«

»Souvenirs? Postcards?«

Hay schüttelt den Kopf und läßt sich mit der Menge von Bord treiben. Vor ihm ein großer belebter Platz. Zur Rechten ein verwittertes Fort aus der Kolonialzeit. Dahinter die Silhouette der Altstadt: Reste der Stadtmauer, schlanke Minarette und die Kuppel der neugotischen Kathedrale. Oberhalb des Hafens führt eine Holzbrücke über den Wajir. In der Ferne die breiten, grauen Tanks der einzigen Raffinierie des Südens und die Schornsteine der Fabriken.

Ein Mann in einem bunten Kostüm packt Hay am Arm und versucht, ihm einen Schimpansen zu verkaufen. Hay schüttelt den Mann ab und schleppt sein Gepäck weiter. »Pot, Mister? Smoke Kif?« flüstert ihm ein anderer zu und hält ihm eine dunkelbraune Masse unter die Augen. Hay flucht. Der Mann bleibt zurück. Hinter sich hat Hay jetzt einige Kinder. In der Nähe eines Taxistandes stellt er sein Gepäck ab und wischt sich den Schweiß von der Stirn. Die Taxifahrer beginnen ein wildes Hupkonzert. Einer kurbelt das Fenster seines verrosteten amerikanischen Straßenkreuzers herunter und gibt Hay ein Zeichen. Ein anderer springt dazwischen und stürzt sich auf Hays Gepäck. Schon steht auch der erste auf der Straße und geht mit Fäusten auf den anderen los.

Hay nutzt den Augenblick und trägt sein Gepäck weiter. Er will in Ruhe nach einem Hotel suchen, doch die Zahl der ihn verfolgenden Kinder wird größer. Er geht schneller. Am Ende des Platzes biegt er in eine enge Straße ein, die in die Altstadt führt. Hinter ihm noch immer die Kinder. Die Straße ist ungepflastert. Durch den Lehm fließen die Abwässer. Es stinkt nach Urin und faulem Fleisch, Gewürzen, Tee und Hasch. Hay verliert sich in den winkligen Gassen des Soukh. Maultiere, Karren, Radfahrer, Frauen mit Körben auf dem Kopf, Gruppen feilschender Menschen und schwerbeladene Lastträger versperren seinen Weg.

Es wird dunkel. In den Läden werden die Petroleumlampen angesteckt. Hay biegt in eine etwas breitere, kopfsteingepflasterte Straße ein. Das Kindergeschrei verfolgt ihn noch immer. Er wagt nicht stehen zu bleiben. An einem Haus entdeckt er eine bunte Neonreklame: »*SPLENDID HOTEL*«. Nur drei Buchstaben sind erleuchtet. Er läuft auf das Hotel zu und versteckt sich im Eingang. In der dunklen Toreinfahrt stellt er das Gepäck ab und wischt sich den Schweiß von der Stirn. Draußen johlen die Kinder. Sie wagen sich jedoch nicht herein.

Eine stark geschminkte Frau um die fünfzig kommt auf ihn zu. Ihr Körper steckt in einem engen, tief ausgeschnittenen Kleid. Sie trägt eine Perücke aus langem rostbraunem Haar. Ringe und breite Armreifen bedecken ihre fleischigen Hände und Arme. Unter ihrem Kinn hängt eine schwere Kette.

»Willkommen bei uns«, sagt sie.

Sie nimmt seinen Koffer und trägt ihn durch einen düsteren Innenhof. In der Mitte steht ein nicht mehr benutzter Ziehbrunnen voller Abfall. Brüchige Backsteinmauern umgeben den Hof. Auf jeder Etage ist eine breite hölzerne Veranda angelegt, die um den ganzen Innenhof herumführt. Von hier erreicht man die Zimmer. Holztreppen führen von einem Stockwerk zum nächsten. Aus den Zimmern klingt Radiomusik, Lachen und Kindergeschrei. Über das Geländer lehnen Männer und Frauen und beobachten den Fremden.

Er folgt der Frau in das Büro. In dem kleinen Raum herrscht eine beruhigende Stille. Hay atmet auf. Nur noch leise dringt der Straßenlärm an sein Ohr. Die Frau setzt sich hinter ihren Schreibtisch und bietet ihm eine Zigarette an. Er muß irgendein Formular ausfüllen. Als er fertig ist, nimmt sie den Schein an sich und läßt sich seinen Paß zur Vorlage bei der Polizei geben.

Über ihrem Kopf hängt noch das Porträt des vor wenigen Tagen gestürzten Präsidenten. Wahrscheinlich sind die Bilder des neuen noch nicht eingetroffen.

»Den Paß gibt's morgen zurück«, sagt sie.

Sie klatscht in die Hände. Ein kleines Mädchen kommt herein und verbeugt sich vor der Alten. Es dürfte fünf oder sechs Jahre alt sein. Die Frau befiehlt ihm, dem Fremden das Zimmer zu zeigen. Hay muß sein Gepäck selbst hinauftragen. Auf der Veranda stehen neugierige Hotelgäste, die ihn anstarren. Die meisten Türen sind geöffnet. In einigen Zimmern sieht er aufreizend gekleidete Frauen. In anderen leben Ehepaare mit ihren Kindern. In einem der Räume sitzt ein Schreiber hinter einem wackligen Tisch. Draußen warten einige Leute, die zu ihm wollen. Im Zimmer nebenan sitzt ein Mädchen in einem kurzen Rock. Als sie Hay sieht, spreizt sie ihre Beine. Der Anblick verwirrt ihn. Er ist keiner von denen, die in einer fremden Stadt als erstes das Bordell aufsuchen. Wenn er nicht Angst gehabt hätte, draußen noch einmal der Meute schreiender Kinder zu begegnen, wäre er vielleicht wieder gegangen. Etwas weiter liegen zwei Frauen eng umschlungen auf einem Bett. Als sie Hay sehen, lachen sie.

»Na, wie wär's mit uns, Mister?« kichert eine der beiden.

Die Kleine hält vor 52 und gibt ihm den Schlüssel. Auf 51 schminkt sich gerade eine Frau. Als sie Hay bemerkt, lächelt sie ihm zu. Er lächelt verlegen zurück. Das Mädchen, das ihn raufgebracht hat, stößt ihn an und hält die Hand auf. Er gibt ein kleines Trinkgeld. Lachend läuft das Mädchen davon. Er wohnt in einem winzigen Bretterverschlag. Im Dunkeln tastet er nach dem Lichtschalter. Durch einen Spalt in der Bretterwand dringt etwas Licht von 51 herein. Ein schmales Bett, ein winziger Tisch und ein Hocker stehen mitten im Zimmer. Neben der Tür hängen einige Kleiderbügel und ein dreckiges Handtuch. An der Wand steht eine Waschschüssel auf einem rostigen Eisengestell. Über dem Gestell hängt ein leerer Bilderrahmen. Hay packt seine Sachen aus und legt sich erschöpft ins Bett. Aus dem Nebenzimmer dringt leise Musik zu ihm.

Er findet keine Ruhe. Nach einigen Minuten steht er wieder

auf, wäscht sich ein wenig und zieht sich ein weißes Hemd, eine helle Sommerhose und ein leichtes Jackett an. Mit einem Taschentuch wischt er sich etwas Blut vom Kinn. Er hat sich beim Rasieren zweimal geschnitten. Er schließt sein Zimmer auf und geht weg, ohne einen Blick auf 51 zu werfen. Draußen ist Nacht. Betrunkene Soldaten ziehen durch die Straßen und pöbeln die Frauen an. Aus den Kneipen dringt Musik und Gelächter. In den Eingängen stehen Nutten. Verdächtige Gestalten versuchen, Aktfotos, Marihuana und geschmuggelten Schnaps zu verkaufen. Die Polizei tut, als sehe sie nichts. Vor einem der Lokale wird Hay von einem stämmigen Mann an der Schulter gepackt. »Los, hereinspaziert, Johnny. Hier gibt's was zu sehen. Alle Perlen des heißen Südens.«

Der Mann schiebt ihn mit einem Ruck durch den Eingang des »Las Vegas«. Im ersten Augenblick kann Hay kaum etwas erkennen. Im Hintergrund des Saales zieht sich eine Blondine zu den Rhythmen eines Tango aus den zwanziger Jahren aus. Jemand faßt Hay unter den Arm und führt ihn an einen Tisch in der Mitte des Saales. Eine Frau nimmt ihm gegenüber Platz. Ihr Gesicht sieht trotz der dick aufgetragenen Schminke verbraucht aus. Er ist wütend, daß er sich in dieses Lokal hat schleppen lassen. Sie ist nicht sein Typ. Am liebsten wäre er wieder gegangen. Ein Ober bringt die Karte. Die Preise brauchen internationale Vergleiche nicht zu scheuen. Hay fragt die Frau, was sie trinken will. Sie bittet um einen Cognac. An einigen Tischen wird geklatscht. Die Blondine hat ihren Strip beendet und verschwindet hinter dem Vorhang.

Es wird etwas heller. Scheinwerfer beleuchten die Tanzfläche. Eine schwarze Sängerin tritt ans Mikrophon und singt den »Murderer's Home Blues«. Hay mag das Lied. Zwei oder drei Paare tanzen. In der Nähe bemerkt er einige Weiße. Er hält sie für Amerikaner.

»Kennen Sie die?«, fragt er seine Begleiterin.

»Die kommen jedes Wochenende ins ›Las Vegas‹. Ingenieure, Chemiker und derlei. Geld verdienen die an einem Tag wie wir in einem Jahr.«

Sie sieht ihn herausfordernd an. Um sich nicht mit ihr unterhalten zu müssen, fordert er sie zum Tanz auf. Sie schmiegt sich eng an ihn. Er ist wie erstarrt. Er ärgert sich noch mehr, daß er sich in diese Bar hat locken lassen. Nach dem Tanz sitzt er ihr wieder gegenüber und blickt verstohlen auf die Uhr. Er denkt darüber nach, wie er hier möglichst schnell wieder raus kommen kann, als er neben sich ein Geräusch hört. Er dreht den Kopf zur Seite. Am Tisch steht Calypso.

Die Frau ihm gegenüber springt auf. »Hau ab, du Hure«, schreit sie.

Zum Teufel, sei ruhig«, sagt Hay grob. »Was geht dich das an!«

Hay ist glücklich, Calypso wiederzusehen.

»Gut, daß ich dich hier treffe«, flüstert sie ihm beim Tanz zu. »Wo wohnst du?«

Er nennt seine Adresse. Sie lacht. »Wie bist du nur auf den Puff gekommen?«

Dann wird sie wieder ernst. »Wir brauchen dich in den nächsten Tagen.«

»Ihr macht also trotz der neuen Regierung weiter? Ich verstehe euch nicht.«

Sie unterbricht ihn. »Ich möchte hier nicht darüber diskutieren. Für dich bleibt es das gleiche Geschäft. Wenn du mitmachen willst, hörst du in den nächsten Tagen von uns.«

»Ich mache mit.« Hay staunt selbst über seine Entschlossenheit. Sie tanzen, ohne viel zu reden. Hay spürt ihren Körper und hat Lust, mit ihr zu schlafen.

»Bist du oft im ›Las Vegas‹?« fragt er.

»Manchmal. Wenn es für uns wichtig ist.«

Als sie seinen überraschten Blick sieht, lacht sie.

»Dein Tanz ist zu Ende.« Sie küßt ihn flüchtig auf den Mund. »Ich muß wieder zurück. Bis bald.«

Sie läßt ihn auf der Tanzfläche stehen und geht zu den Amerikanern. Wütend kehrt Hay an seinen Tisch zurück.

»Na, kein Glück gehabt?« fragt ihn das Mädchen spöttisch. »Bei der mußt du schon was springen lassen.«

In diesem Augenblick haßt er das Mädchen an seinem Tisch. Auf der Tanzfläche sieht er Calypso mit einem Amerikaner. Der Anblick macht ihn noch wütender. Er muß hier raus.

»Mir reicht's!«

Er winkt dem Kellner und zahlt. Erleichtert tritt er vor die Tür. Der Portier hält ihm die offene Hand hin. Hay geht vorbei, ohne etwas zu geben. Der Mann flucht hinter ihm her. Wenige Schritte weiter stößt er mit einem betrunkenen Soldaten zusammen. Benommen setzt er seinen Weg fort. Der Soldat lallt einige Worte vor sich hin und stolpert weiter.

»Bitte, bringen Sie mich nach Hause«, hört er eine Stimme neben sich. Es ist das Mädchen aus der Kneipe. »Ich habe Angst, allein zu gehen.«

»Na, schon gut«, sagt er. »Wo wohnen Sie?«

Sie führt ihn in eine schmale Seitenstraße. Vor einem dunklen Hauseingang wirft sie plötzlich ihre Arme um ihn und zieht seinen Kopf zu sich herab. Er versucht sich von ihr zu lösen. In diesem Augenblick tritt ein Mann aus dem dunklen Eingang und springt von hinten auf Hay zu. In seiner Hand hält er ein Eisenrohr. Mit einem gezielten Schlag auf den Hinterkopf schlägt er den Fremden zu Boden.

Als Hay wieder zu sich kommt, liegt er allein in der Gasse. Sein Kopf schmerzt. Mühsam zieht er sich in die Höhe. Er muß brechen und sackt wieder zu Boden. Er versucht sich zu erinnern. Die Frau hat ihn geküßt. Er hat sich dagegen gewehrt. Dann kann er sich an nichts mehr erinnern. Er legt seine Hände auf seinen blutenden Hinterkopf. Er wiederholt den Versuch aufzustehen. Dieses Mal mit mehr Erfolg. Der Schmerz treibt ihm die Tränen in die Augen. Langsam stolpert er zur Hauptstraße hinab. Das grelle Licht blendet ihn. Er faßt in sein Jackett und vermißt die Brieftasche. Aufgeregt greift er nach dem Lederbeutel auf seiner Brust, in dem er sein Bargeld aufbewahrt. Sie haben ihn nicht gefunden. Er blickt an sich herunter: eine verschmutzte Hose, ein blutverschmiertes Hemd und eine zerrissene Jacke. Sein Kopf brennt vor Schmerz.

Nach vielen Umwegen findet er das Hotel. Auf den Gängen ist noch mehr los als am frühen Abend. Die Leute starren ihn verwundert an. Schritt für Schritt zieht er sich die Stufen empor. Als er an 51 vorbeikommt, steht dort die Frau vor der Tür.

»Was ist denn mit Ihnen los?« ruft sie. »Kommen Sie, ich helfe Ihnen.« Sie führt ihn in ihr Zimmer und setzt ihn auf das Bett. Mit einem Wattebausch reinigt sie die Wunde an seinem Hinterkopf. Ihm tut die Geborgenheit wohl, die er hier findet. Er genießt den Duft ihres Parfums und legt seinen Arm um sie. »Das hättest du dir gleich überlegen sollen«, sagt sie. »Für fünf Dollar bekommst du bei mir, was du willst — ausnahmsweise sogar eine ganze Nacht lang. Und riskierst dein Leben nicht dabei.«

Er läßt sich von ihr auf das nicht gerade frisch bezogene Bett legen, dreht seinen Kopf auf die Seite, um die Wunde nicht gegen die Matratze zu pressen, und genießt es, sich von ihr seine verschmutzte Hose und sein blutverschmiertes Hemd ausziehen zu lassen. Er versucht, seine Schmerzen zu vergessen, knöpft ihr Kleid auf und fummelt an ihrem Büstenhalter herum. Wie üblich kommt er mit den zwei Haken nicht zurecht. Sie biegt den Rücken ein wenig durch, um ihm das Öffnen zu erleichtern. Endlich schafft er es.

Seine Hände machen sich über ihre Brüste her. Er spürt, daß sie ihm — ohne es offen zu zeigen — Widerstand entgegensetzt, läßt sich davon jedoch nicht zurückhalten. Schließlich zahlt er ja für diese Nacht... Stoßartig steigt — im Rhythmus seines sich durch die Erregung beschleunigenden Pulsschlages — der Schmerz durch die Wunde am Hinterkopf. Dieser verdammte Schmerz, ich halte es nicht mehr aus, denkt er, sagt aber nichts. Sie dreht sich ein wenig und beginnt, seinen Schwanz mit dem Mund zu umspielen. Seine Erregung ist so groß, daß er schnell, allzuschnell, zu seinem Orgasmus kommt.

Fast angewidert liegt er dann da. »So hab' ich mir das nicht vorgestellt«, sagt er grob. »Für fünf Dollar war das etwas wenig.«

»Du kannst alles von mir haben, wenn du das meinst«, antwortet sie. »Selbst meinen Arsch. Kostet aber einen Dollar extra. Die bei euch beliebteste Liebesform gibt's hier nur gegen Zuschlag.«

Er zuckt zusammen, geht aber nicht darauf ein. »War nicht so gemeint«, sagt er fast entschuldigend. »Es ging mir nur zu schnell.«

»Du wirst dich heute Nacht sicher noch mal erholen, Fremder«, lacht sie spöttisch.

Er gibt ihr die fünf Dollar für die Nacht und zieht sich die Jacke über. Draußen ist es bereits Tag.

»Wo hast du Englisch gelernt?«, fragt er.

»Bei den Amerikanern. Sie sind unsere besten Kunden. Gestern hat mir einer gesagt, daß sie vielleicht bald weg müssen. Die neue Regierung will nur noch die Russen.«

Hay sagt ihr trösend, daß es zunächst meist schlimmer aussehe, als es dann komme. Die Russen seien auch Menschen und brauchten auch mal eine Frau. Sie scheint davon nur halb überzeugt.

»Wie lange bleibst du hier?«, fragt sie ihn.

»Ich weiß es nicht.«

»Wenn du mal wieder Lust auf eine Frau hast, weißt du, wo du mich findest.«

Er küßt sie und geht auf sein Zimmer. Sein Kopf brennt noch immer vor Schmerz. Das Wochenende liegt hinter ihm. Es ist Montagmorgen. In der Anmeldung bekommt er seinen Paß zurück. Er ist froh, daß er ihn am Sonntagabend, als er überfallen wurde, nicht in der Brieftasche hatte. Sein erster Gang führt ihn an diesem Morgen zur Provinzregierung, die am Rande der Altstadt im einzigen Hochhaus Gingerports untergebracht ist. Das Gebäude ist mit Stacheldraht umgeben; vor dem Eingang hat die Regierung schwerbewaffnete Soldaten postiert. Der Boulevard ist über weite Strecken ein Kraterfeld. Überall sieht man noch die Spuren des Krieges. Auf den Bürgersteigen wächst inzwischen Gras. Von den Palmen auf dem Mittelstreifen sind nur noch Stümpfe geblieben. Dazwischen wuchert mannshohes Unkraut. Die Häuser entlang der Straße stehen meist leer. Viele sind ausgebrannt. Das alte Europäerviertel wurde während der Unabhängigkeitskämpfe vor sieben Jahren zerstört. Außer dem Regierungsgebäude hat man seitdem kaum etwas wieder instandgesetzt.

Hay muß drei Kontrollen passieren, bevor er im Gebäude ist.

Man läßt ihn endlose Formulare ausfüllen und durchsucht ihn nach Waffen. Mißtrauisch fragen ihn die Soldaten, wer ihm die Wunde auf den Hinterkopf verpaßt hat. Sie lachen laut, als sie es hören. Vergeblich bemüht Hay sich, den Mann zu finden, der für die Bestätigung seiner Aufenthaltserlaubnis zuständig ist. Man schickt ihn durch endlose Gänge. Er kommt bis in den 16. Stock. Jemand gibt ihm den Rat, sich an einen Herrn im letzten Zimmer auf dem Korridor zu wenden. Er klopft höflich und hört eine Stimme hinter der Tür. Als er öffnet, wirbeln Hunderte von dem plötzlichen Luftzug aus den Regalen gerissene Papiere durch den Raum. Einige schweben durch die offenen Fenster nach draußen, die anderen fallen im Zimmer zu Boden.

»Verdammter Wind«, schreit einer der Beamten. Mit seinem Kollegen stürzt er sich auf die Blätter und beginnt, sie wieder einzusammeln und in die Regale zu stopfen. Hay stottert eine Entschuldigung und beteiligt sich an der Aktion.

»Verzeihen Sie bitte das Durcheinander«, sagt einer der Herren. »Seit vier Jahren warten wir auf neue Ordner.«

Als die Papiere wieder in den Regalen stecken, bitten ihn die Beamten, sich zu setzen und einen Tee mit ihnen zu trinken. Sie fragen ihn neugierig aus. Er erzählt von seiner Reise und von seiner Heimat. Irgendwann erwähnt er, daß er einmal zur See gefahren ist. Die beiden sind plötzlich wie elektrisiert. Sie wollen von ihm tausend Geschichten aus den Bordellen der Hafenstädte aller Kontinente hören. Hay weiß nicht, wie er das Gespräch auf sein Anliegen bringen kann. Nach einigen Minuten wird die Tür von einem Besucher geöffnet, und das Spiel mit den Blättern beginnt von neuem.

Endlich kommt einer der beiden auf die Idee, Hay zu fragen, weshalb er eigentlich zu ihnen gekommen sei. Höflich trägt er sein Anliegen vor. Die beiden sehen ihn erstaunt an. Sie sind in seiner Sache nicht zuständig und wissen auch nicht, an wen er sich wenden soll. Vergeblich versuchen sie, ihn telefonisch mit jemandem in Verbindung zu bringen.

»Es tut uns leid, Mr. Hay. Sie wissen ja, wie es bei Behörden zugeht. Offiziell ist allen Ausländern die Einreise untersagt. Aber Victoria macht immer wieder Ausnahmen. Deshalb ist bei uns auch niemand für Ihren Fall zuständig. Andererseits benötigen Sie unsere Bestätigung. Ein schwieriger Fall.«

Hay irrt durch die Korridore auf dem Weg nach draußen. Endlich ist er wieder in den heißen Straßen Gingerports. Noch immer spürt er den Schmerz an seinem Hinterkopf. Er achtet nicht darauf, wohin er geht, und gerät in immer ärmere Stadtviertel. Dicht an dicht stehen dort Hunderte von Hütten aus Wellblech, aufgeschlitzten Benzinkanistern, zerrissenen Pappschachteln, Strohmatten, Zeitungen, Brettern, Lehm und Draht. Straßen gibt es nicht. Jeder sucht sich seinen eigenen Weg zwischen den Hütten. Es stinkt nach Kot und Verwesung. Die Menschen starren den Fremden feindselig an. Ihre Gesichter sind eingefallen, ihre Augen tot. Viele können sich vor Schwäche kaum noch auf den Beinen halten.

Hay ist benommen von der Hitze, dem Gestank und der Enttäuschung des Tages. Ziellos gerät er immer tiefer in dieses Viertel. Plötzlich ist um ihn die Hölle los. Dutzende von Kindern und Jugendlichen laufen hinter ihm her. Vor den Hütten stehen Frauen und trommeln auf Kochtöpfen und Blecheimern. Männer bedrohen ihn mit Steinen und Knüppeln. Er läuft um sein Leben. Er weiß nicht, in welche Richtung er fliehen soll. Er wird von Steinen getroffen. Jemand schleudert ihm einen Knüppel zwischen die Beine. Er stolpert und stürzt fast zu Boden

In diesem Augenblick sieht er zwei berittene Polizisten auf sich zukommen. In ihren Händen schwingen sie lange Lederpeitschen. Sie galoppieren an ihm vorbei in die Menge. Dann hört er Peitschenhiebe und Schreie. Erschöpft hält er an und dreht sich um. Die Menge stürmt in wilder Flucht davon. Keuchend schleppt er sich weiter. Die Polizisten reiten hinter ihm her und holen ihn ein. »Was zum Teufel hat Sie denn in diese Gegend getrieben«, flucht einer. »Ohne uns wären Sie jetzt eine Leiche. Bei Nacht wagen wir uns nicht einmal in dieses Viertel. Die sind hier schlimmer als Tiere.«

Sie begleiten ihn bis zu einer breiten, staubigen Straße, die in die Stadt führt und kehren wieder um. Hays Rücken schmerzt von den Steinwürfen. Seine Beine sind wie gelähmt. Die Kopfschmerzen sind stärker als zuvor. Müde geht er weiter. Er begegnet einem LKW der General Fruit Co., von dem ihm einige schwarze Landarbeiter zuwinken. Er winkt zurück. Er hat Durst. Vergeblich sucht er nach einem Limonadenverkäufer, wie sie einem in der Altstadt auf Schritt und Tritt begegnen.

Erschöpft stolpert er eine kleine Anhöhe rechts der Straße hinauf und lehnt sich an einen dürren Baum. Unter ihm liegt das Viertel, dem er soeben entkommen ist. Er spürt keinen Haß auf die Menschen, vor denen er um sein Leben gerannt ist. Nur Angst. Er versucht zu verstehen, weshalb sie ihn verfolgen. Muß nicht jeder Fremde, der bei ihnen auftaucht, sie an ihr eigenes Elend erinnern? Ist nicht das der Grund, weshalb sie niemanden bei sich sehen wollen? Hay blickt über Gingerport hinweg. In der Ferne funkeln die Tanks der Raffinerie in der Nachmittagssonne. Aus der Industriezone treibt gelber Qualm auf die Altstadt zu, deren Türme kaum im Dunst zu erkennen sind.

Die Woche vergeht, ohne daß er etwas von Calypso hört. Allmählich glaubt er, daß die Qué-Qué das Interesse an ihm verloren haben. Eines Nachmittags sitzt er im »Café de la libération« am Independence Square. Er ist um diese Zeit fast der einzige Gast. Abends treffen sich dort die Amerikaner aus der Raffinerie und die wenigen Europäer, die noch in Gingerport leben. Hay sitzt kaum, als ein breitschultriger, sommersprossiger Mann mit rötlichem Vollbart auf ihn zukommt.

»Darf ich mich zu Ihnen setzen?« fragt er. »Ich habe Sie bereits am Wochenende gesehen. Arbeiten Sie in Gingerport?«

Hay schüttelt den Kopf.

»Was treibt Sie dann in diese Gegend?«

»Das weiß ich selbst nicht recht«, murmelt Hay ausweichend.

»Von irgendwas müssen Sie doch leben. Suchen Sie keinen Job?«

»Doch. Allzuweit komme ich nicht mehr mit dem Geld, das ich noch habe.«

Der Mann sieht ihn interessiert an. »Bei uns werden Leute

gebraucht. Erkundigen Sie sich doch bei unserem Personalchef. Verlangen Sie einfach Rocky McCormick.«

»Bei welcher Firma?« fragt Hay.

Der Fremde blickt ihn überrascht an. »Hercules Fruit Company. Habe ich Ihnen das noch nicht gesagt?«

Hay hat nur etwas von einer General Fruit Co. gehört. Der Mann sieht ihn noch erstaunter an. »Sie kennen die Hercules Fruit nicht? Siebzig Prozent Marktanteil in Äquatoria. Bananen, Ananas, Zuckerrohr. Alles, was hier wächst. Ohne uns gäbe es in Äquatoria keine Eisenbahn, keinen Wohlstand, keine Armee, keine Polizei und keine Administration. Wir haben dem Land die Zivilisation gebracht. Das große Nationalmuseum in Victoria ist unser Werk.«

Der Mann sieht plötzlich auf seine Uhr. »Ich muß wieder ins Büro. Versuchen Sie es doch bei uns. Rufen Sie Rocky an. Wenn er fragt, woher Sie den Tip haben, sagen Sie von Monk.«

Am nächsten Morgen ruft Hay bei der Hercules Fruit an. Als der Personalchef hört, daß ein Weißer Arbeit sucht, ist er begeistert: »Da laufen Sie in Gingerport herum, und wir wissen nichts von Ihnen? Kommen Sie sofort rüber, Mann.«

Das Büro der Hercules Fruit liegt auf der anderen Seite der Altstadt im ehemaligen Europäerviertel. Der Personalchef sitzt hemdsärmelig hinter dem Ventilator. Unter den Achselhöhlen ist sein Hemd naß von Schweiß. McCormick hat den Hosengürtel geöffnet und den ersten Hosenknopf aufgemacht, um seinem mächtigen Bauch Platz zu machen. Seine Füße liegen auf dem Schreibtisch. Er raucht ein Zigarillo und trinkt dazu ein Dosenbier. Der Mann sieht aus wie alle Amerikaner. »Hallo, Adam,« ruft er Hay entgegen. »Erfreut dich zu sehen. Ich heiße Rocky. Willst du ein Bier?« Er holt eine Dose Karlsberg aus dem in den Schreibtisch eingebauten Kühlschrank und schiebt es Hay rüber. Rocky's Augen verfolgen jede Bewegung des Gastes. »Kommen wir zur Sache. Du suchst also einen Job. Wir brauchen harte Burschen, die die Plantagen kontrollieren. Wenn wir nicht aufpassen, geht's dort drunter und drüber. Wir bieten dir neunzehnhundert Dollar im Monat. Steuerfrei aufs Konto in Europa. Für jeden Tag draußen genug Spesen, um in

Äquatoria davon leben zu können. Ohne Risiko. Du bekommst zwei Mann mit MG und einen Landrover. Nach drei Monaten Probezeit einen Zwei- oder Dreijahresvertrag.« Er sieht Hay an. »Hast du so etwas schon mal gemacht?«

»In Guatemala.«

Rocky's Gesicht strahlt bei dieser Antwort. »Was?« Über Guatemala mußt du mir ein anderes Mal erzählen. Ich war da für die United Fruit, bis sie mich kidnappten. Doch lassen wir das jetzt. Wir verlangen hier vollen Einsatz von jedem. Früher ging es in Äquatoria ruhiger zu. Die Zeiten sind vorbei. Wir haben in den letzten Jahren fast alle Konkurrenten aufgekauft. Zwei sind noch übrig. Die härtesten Brocken. Wir können sie nur knacken, wenn wir das letzte von uns selbst verlangen. Wir drücken die Preise, bis sie nicht mehr mithalten. Wir haben den längeren Atem. Und wenn sie nicht mehr können, läuft das große Geschäft. Ohne Konkurrenz. Dann holen wir alles doppelt und dreifach wieder rein. Also, wie ist's? Du bleibst hier einige Jahre, machst das dicke Geld und läßt dich dann in Europa nieder.«

Der Mann bemerkt Hays Zögern. »Du kannst es dir ja noch mal überlegen. Gib mir in den nächsten Tagen Bescheid.« Er wischt sich den Schweiß von der Stirn. »Wenn nur diese Hitze nicht wäre. Diese verdammte Klimaanlage. Dauernd ist das Scheißzeug kaputt. Kein Geld dafür. Also überleg dir die Sache.«

Aufatmend verläßt er das Büro. Das mit Guatemala wäre fast ins Auge gegangen! Noch zitternd vor Aufregung geht er wieder über den sonnendurchglühten Boulevard. Der Asphalt klebt unter seinen Schuhen. Er geht bis zum Fluß. Ein etwas kühlerer Wind weht über dem Wajir. Er bleibt auf der Holzbrücke stehen und beobachtet die Schlingpflanzen, die mit der Strömung dahertreiben. Er zögert, sich für die Hercules Fruit zu entscheiden. Er denkt an Calypso und an das Angebot der Qué-Qué. Wenn er in den nächsten Tagen nicht von ihnen hört, wird er sich dennoch für die Hercules Fruit entscheiden, obwohl es ihm nicht gefällt, als Antreiber durch das Land zu reisen und sein Leben aufs Spiel zu setzen. Aber er braucht das Geld.

Er kehrt ins »*SPLENDID*« zurück und legt sich aufs Bett. Von 51 dringt leise Musik zu ihm herüber. Ein sanftes Klopfen weckt ihn aus seinem Halbschlaf. Draußen steht die Fünfjährige mit einem Brief für ihn. Nervös reißt er den Umschlag auf. Nur eine einzige Zeile: »Wir erwarten dich heute abend im Las Vegas. C.«

Kurz nach acht ist er dort. In seiner Tasche hat er ein Klappmesser, um sich dieses Mal notfalls verteidigen zu können. Am liebsten hätte er eine Pistole eingesteckt. Das Lokal ist fast leer. Calypso ist nicht zu sehen. Auch die Hure nicht, die ihn neulich in die Seitenstraße abschleppte. Er legt seine Hand um das Messer. Das Messer in seiner Tasche gibt ihm ein Gefühl der Stärke. Calypso kommt erst gegen neun. Sie trägt einen ärmellosen, roten Pullover, einen kurzen Rock und flache Schuhe. Ihr Gesicht ist ungeschminkt und wirkt entspannt. Nur um ihre Augen meint Hay leichte Zeichen von Müdigkeit zu bemerken.

Sie tanzen wie vor einigen Abenden miteinander. Hay zieht sie an sich und ist glücklich. Sie spricht sehr leise.

»Bist du noch bereit mitzumachen?«

Er nickt.

»Wir werden einige Tage verreisen. Hast du Zeit?«

Hay atmet auf, daß die Untätigkeit der letzten Woche zu Ende geht. Er freut sich auf die Zeit mit Calypso. Der Job bei der Hercules Fruit ist vergessen.

»Wir fahren übermorgen mit dem Mittagszug nach Nanjuko. Nimm so wenig Gepäck wie möglich mit. Am besten verkleidest du dich als Tourist. Das wirkt am unauffälligsten. Wir treffen uns erst im Zug.«

DIE QUÉ-QUÉ

Der Bahnhof von Gingerport ist seit vielen Jahren ein Anziehungspunkt für alle Besucher. Die Stadt selbst vermochte nie die Größe und Ausstrahlungskraft ihres Bahnhofs zu erreichen, den der Vizekönig Emmanuel IV im Jahre 1906 persönlich einweihte. Damals schien Gingerport vor einem grenzenlosen Aufschwung zu stehen. Man war überzeugt, große Gold- und Kupfervorkommen am oberen Wajir entdeckt zu haben. Einige Jahre später war der Traum ausgeträumt. Die Stadt verkam als Umschlagplatz für Bananen und Zuckerrohr.

Nur der Bahnhof kündet noch von der schnell vergangenen Blütezeit. Seine Sandsteinfassade bildet eine bizarre Mischung aus zu breit gebauter gothischer Kathedrale und üppigem Barockschloß. Vor dem Eingang erhebt sich die bronzene Reiterstatue des Vizekönigs. Den Eingang selbst schmücken nackte griechische Marmorjünglinge. Zu ihren Füßen hocken Bettler, Schuhputzer, Wahrsager und Rauschgifthändler, die keinen der Vorübergehenden in Ruhe passieren lassen. An ihnen vorbei schreitet an diesem Tag ein hagerer Europäer in Shorts, Wildlederstiefeln und Tropenhelm. Über seiner Schulter hängt eine Fotoausrüstung, in der Hand trägt er eine Reisetasche. Er tut, als höre er die Rufe der Herumsitzenden nicht. Durch eine dichte Menschenmenge drängt er sich zum Fahrkartenschalter, wo man ihm als Fremdem höflich den Vortritt läßt. Sorgfältig verwahrt er das dort erstandene Ticket in seiner neuen Brieftasche und geht weiter. Unterwegs kauft er Bananen, Papaya und eine große Pepsi. Bei einem Zeitschriftenhändler fragt er vergeblich nach einer englischsprachigen Zeitung. Auch die neue Regierung hat die Einfuhr von Zeitungen noch nicht wieder erlaubt. Da Hay nicht weggehen mag, ohne etwas zu kaufen, greift er zu einem in Äquatoria erschienenen Comic mit wenig Text.

Der Zug ist schon überfüllt. In den engen Abteilen zweiter Klasse ist kein Platz mehr frei. Mühsam kämpft er sich zur dritten Klasse durch. Außer schmalen Seitenbänken gibt es in diesen Waggons keinerlei Innenausstattung. Die Leute hocken bereits dicht gedrängt auf den Bänken und auf dem Fußboden, und noch immer steigen andere zu. Als der Eingang blockiert ist, klettern die Reisenden durch die Abteilfenster. Kinder, Hunde, Schafe und Ziegen werde hinter ihnen hergeschoben.

Dem Fremden macht man trotz der Enge einen Sitzplatz in Fensternähe frei. Schwitzend wartet er darauf, daß es endlich losgeht. Die Fahrt beginnt mit über einer Stunde Verspätung. Die Menschen hängen an Fenstern und Türen und hocken auf den Dächern. Gefährlich ist dieses Fahren nicht, da der Zug wegen der ungenügend gesicherten Gleisanlagen kaum schneller als im Schrittempo vorankommt. Während der Regenzeit dauert die Fahrt manchmal noch länger, wenn der sandige Untergrund weggespült ist und Reparaturkolonnen zunächst die Bahnlinie abmarschieren und den Sand auffüllen und feststampfen müssen, bevor der Verkehr wieder aufgenommen werden kann. Manchmal entgleist auch ein Zug, doch meist passiert dabei nur wenig. Die Aufräumungsarbeiten blockieren dennoch oft tagelang die Strecke.

Seit Jahrzehnten hat sich daran nichts geändert. Die Kolonialherren hatten die Strecke gebaut, um die Rohstoffe leicht aus dem Inland an die Küste bringen zu können. Schnelligkeit spielte keine besondere Rolle. Wichtig war, daß die Güter ankamen. An den Einheimischen, die die Bahn als Transportmittel benutzten, hatte die Bahnverwaltung kaum ein Interesse. Nigger waren in ihren Augen Faulenzer, für die Zeit sowieso keine Rolle spielte. Daran hatte sich auch nach der Unabhängigkeit nichts geändert, als Funktionäre aus Victoria die Verwaltung übernahmen.

Hay verspürt Durst. Da er keinen Flaschenöffner hat, öffnet er die Pepsiflasche am Fensterrahmen und reißt sich dabei den Finger auf. Ärgerlich leckt er das Blut ab. Er blättert den Comic durch und versteht nichts. Aus Langeweile ißt er eine Banane. Als er die Schale aus dem Fenster wirft, bemerkt er zwei Jungen neben sich, die heimlich in den Comic schielen. Er schenkt ihnen das Heft, worauf sie sich glücklich davonmachen. Dann blickt er wieder aus dem Fenster. Das feuchte, fruchtbare Tal des Wajir liegt hinter ihnen. Sie haben das östliche Plateau erreicht. Er blickt über trockenes Grasland, sieht hier und da blattlose, dornige Sträucher oder einen breiten Affenbrotbaum, unter dem einige Antilopen grasen.

Nach längerer Fahrt hält der Zug zum ersten Mal. Aus den Wagenfenstern werden Kleiderbündel, Kinder, Schafe und Hühner nach draußen geschoben. Männer und Frauen springen hinterher. Andere drängen durch die Tür ins Freie. Zusteigende zwängen sich an ihnen vorbei in den Waggon. Die Enge ist erdrückend. Hay steigt durch das Fenster in seiner Nähe, um sich draußen die Beine zu vertreten. Aufatmend steht er im Freien.

Sie halten mitten in der Steppe. Außer einem weißgekalkten Bahnhofsgebäude ist weit und breit kein Haus zu sehen. Auf einer großen Tafel liest er »Station No.1«. Tee- und Limonadenverkäufer rennen auf und ab und machen das Geschäft des Tages.

Hay geht am Zug entlang und fragt sich, wo die Menschen leben, die hier ein- und aussteigen. So weit der Blick reicht, nichts als ausgedörrte Steppe. Er geht bis zur Lokomotive vor, wo er überrascht stehen bleibt. Der Zug wird von einer der modernsten und stärksten Dieselmaschinen gezogen, die es auf der Welt gibt. Der Lokführer bemerkt seinen Blick und lacht: »Da staunen Sie, was wir nicht alles mit eurer Entwicklungshilfe bekommen. Einhundertachtzig Spitze fährt das Ding. Ein Geschenk von den Amerikanern. Nur die passenden Schienen und den Gleiskörper haben sie vergessen. Wir fahren maximal dreißig.«

An der Lok prangt das Freundschaftssymbol: vor dem Sternenbanner eine weiße Hand, die eine schwarze fest umschlungen hält.

»Onkel Sam hat euch ja ganz schön in der Hand«, grinst Hay. »Wieviel Bananen, Zuckerrohr und Ananas habt ihr ihm denn für dieses technologische Wunder geschenkt?«

Der Lokführer versteht ihn nicht. Zumindest tut er so. Hay bringt das Gespräch auf andere Dinge. Nach einigen Minuten sieht der Mann auf seine Uhr. Sie stehen schon über eine halbe Stunde in der Steppe.

»Dann wollen wir mal wieder«, brummt er. Er gibt das Abfahrtssignal. Die Leute steigen wieder ein. Hay geht am Zug entlang, bis er seinen Wagen findet.

Nach und nach wird es im Zug etwas leerer. Hinter Station No.4 nimmt Hay sein Gepäck und geht los, um Calypso zu suchen. Er findet sie an der Spitze des Zuges in einem Abteil, in dem außer ihr ein Ehepaar mit drei Kinder sitzt. Calypso trägt Jeans, Sandalen und ein enges Olivhemd. Wie ein Raubtier sieht sie aus, denkt Hay. Ihr Anblick erregt ihn. Er träumt von einem klimatisierten Schlafwagen, in dem sie von niemandem gestört werden.

»Ist hier noch ein Platz frei?« fragt er höflich. Nur nichts anmerken lassen, denkt er dabei.

Das Ehepaar und Calypso nicken und machen ihm einen Platz frei. Er setzt sich neben Calypso. Er drückt, kaum daß er Platz genommen hat, seine Hand und seinen Körper vorsichtig gegen sie, streichelt sie — unbemerkt von den Mitreisenden — an der Seite und wartet darauf, daß sie das gleiche tut.

»Wie gefällt Ihnen denn unser Äquatoria?« fragt der Mann, der Hay schräg gegenüber sitzt. »Auf großer Fotosafari durch die Steppe? Immer mehr kommen so wie Sie. Manchmal schon Gruppen. Aus allen Ländern.«

Hay gibt höflich Antwort. Als ihn der Mann genügend ausgefragt hat und wohl alles weiß, was ihn an dem Fremden interessiert, verstummt das Gespräch.

Hay blickt aus dem Fenster und beobachtet zugleich von der Seite her heimlich Calypsos Profil: es erscheint ihm unter dem krausen schwarzen Haar weich und hart zugleich. Menschen wie sie ziehen ihn an und verunsichern ihn zugleich. Er versucht sich abzulenken und richtet seinen Blick nach draußen. Die Ebene scheint nie zu Ende zu gehen. Das Land liegt wie tot unter der Sonne. Hay beginnt zu träumen, sehnt sich danach, Calypso zu küssen und fühlt sich wie in einem jener schwülstigen Liebesfilme, die er als Jugendlicher so begierig sah.

Durch die Fenster treibt der Wind dichte Staubwolken. Mund und Nase sind ausgetrocknet, die Schleimhäute gereizt.

Die Augen brennen. Jetzt, wo man danach verlangt, kommt niemand mehr, um noch etwas zum Trinken zu verkaufen. Hay träumt von einem Bahnhof, wo er sich unter kühlem Wasser erfrischen kann. Auf seinen Lippen spürt er den Geschmack von Papaya und Ananas. Calypso denkt er, bevor er einschläft. Als er wieder aufwacht, steht er auf und geht auf den Korridor hinaus, um sich die verspannten Gliedmaßen zu lockern. Fast glücklich sieht er auf die Steppe. Hinter einer Hügelkette geht die Sonne unter. Wie im Film, denkt er wieder einmal.

»Bei uns ist es nicht so grün wie bei euch zu Hause«, sagt Calypso, die neben ihn getreten ist, ohne daß er es bemerkt hat. »Wo nicht mehr bewässert wird, beginnt die Wüste.«

»Mir gefällt es trotzdem bei euch«, sagt Hay. Er sieht Calypso von der Seite an. »Was machen wir in Nanjuko?«

»Nichts.« Sie antwortet sehr leise. »Wir fahren weiter. In die Berge. Wir treffen Freunde in Libreville.«

Mehr will sie ihm offensichtlich noch nicht sagen. Das Geheimnisvolle dieser Reise fasziniert ihn. Er bemerkt, wie im Zug das Licht eingeschaltet wird. Die ersten richten sich für die Nacht her. »Ich bin müde«, sagt er. »Die Hitze und der Staub strengen mich an.« Calypso berührt ihn, als sei es Zufall und lächelt ihn an. Sie gehen ins Abteil zurück. Calypso klettert in eines der Gepäckfächer und wickelt sich in eine Decke. Hay legt sich auf die Bank unter ihr. Das Ehepaar belegt die gegenüberliegende Seite; die Kinder liegen in Decken gehüllt auf dem Boden.

Hay verbringt eine schlechte Nacht. Die Sitzbank ist zu hart und schmal, um bequem schlafen zu können. Ruhelos wälzt er sich von einer Seite auf die andere. Sein Rücken schmerzt. Endlich kommt der Morgen. Hay steht als erster auf. Er ist von einer dicken Staubschicht bedeckt. Draußen im Gang klopft er den Staub aus der Kleidung und versucht, sein Gesicht zu säubern. Mit etwas Spucke reibt er seine Augen frei.

Der Zug hält. Die Sonne steht kaum über dem Horizont. Noch immer die gleiche menschenleere Steppe. Neben den Schienen das weißgekalkte Bahngebäude: No.14. Einige Männer hocken auf dem Boden und kochen Tee. Andere vertreten sich die Beine oder benutzen die Gelegenheit zum Pinkeln. Eine kleine Gruppe kniet in der Nähe des Stationshauses, den Blick nach Osten gewandt und betet. Hay sucht vergeblich nach Wasser, um sich zu waschen.

Am nächsten Morgen erreichen sie Nanjuko, die erste größere Stadt seit Gingerport. Die Stadt besteht aus flachen, gelben Lehmbauten und rechtwinklig angelegten Straßen. Der Bahnhof ist voller Menschen. Hay und Calypso können sich waschen und Obst und Limonade kaufen.

Der erste Teil der Reise in die Berge liegt hinter ihnen. Sie haben einige Stunden Zeit bis zur Abfahrt des Busses nach Libreville.

Sie setzen sich in ein kleines, fast menschenleeres Café. Hay beobachtet Calypso. Er würde gern von seinen Gefühlen für sie sprechen, findet aber keinen Weg, um mit seinen Ängsten fertig zu werden. So spricht er über das, was ihm leichter fällt.

»Was wollt ihr eigentlich mit eurem Kampf erreichen?«

Sie sieht ihn kühl an. »Du wirst uns vielleicht nie verstehen, Hay. Du kommt aus einem anderen Land. Bis heute ist's dir recht gut im Leben ergangen. Du weißt nicht, wie's denen zumute ist, die Tag für Tag in den Minen von Qué-Queé oder auf den Plantagen am Wajir für ein paar Cent schuften müssen.«

»Bei uns kann es doch jeder zu etwas bringen, der es wirklich ernsthaft versucht.«

Sie lacht. »Das erzählen uns eure Missionare schon seit Jahrhunderten. Dadurch wird die Lüge auch nicht wahr. Hast du schon mal einen Nigger als Sklavenhalter gesehen und die Weißen als seine Sklaven? Nie. Auf die Idee kommt ihr nicht einmal. Ihr redet von Entwicklungshilfe. Und was tut ihr wirklich? Früher arbeiteten wir hundert Tage im Jahr und hatten unser Auskommen. Seit ihr da seid, arbeiten wir dreihundert Tage und verhungern dabei. Weißt du warum, Hay? Weil ihr durch unsere Arbeit reich werden wollt.«

»Daß die Menschen da oben in den Minen oder hier unten auf den Plantagen unterdrückt werden, weiß ich. Daß sie sich wehren, verstehe ich. Aber wer seid ihr, die Qué-Qué?«

»Wir sind die Guerilla dieser Unterdrückten. Entwurzelte, Rächende, Hassende, Träumende und Liebende. Manche von uns waren Bauern oder sind es noch. Andere Fabrik- oder Landarbeiter. Manche arbeiteten in Büros, betrieben ein kleines Geschäft oder studierten in Victoria City. Andere hatten nie eine Arbeit oder Ausbildung. Wenn wir nicht von vielen unterstützt würden, die auf uns hoffen, gäbe es diesen Haufen nicht.«

»Und was für ein Ziel habt ihr? Wie stellt ihr euch den Weg dahin vor?«

Calypso lacht. »Du fragst wie ein Reporter aus Europa. Halte lieber deine Augen und Ohren auf, dann wirst du vielleicht ein wenig von uns verstehen.«

Im Bus nach Libreville drängen sich die Menschen. Zwei Polizisten kontrollieren die Zusteigenden. Hay und Calypso steigen getrennt ein. Als die Polizisten den Fremden bemerken, befehlen sie einem alten Mann in der Nähe des Einstiegs, ihm den Platz zu überlassen. Wortlos steht der Alte auf und stellt sich in den überfüllten Mittelgang. Um nicht das Mißtrauen der Polizisten auf sich zu lenken, setzt sich Hay.

Die Straße führt nach Norden. Nach wenigen Kilometern endet der Asphalt. Am späten Nachmittag liegt die Ebene hinter ihnen. Sie kommen in die Berge. Der Regenwald reicht bis tief in die Täler. Der Himmel ist wolkenverhangen, und bald beginnt es zu regnen. Die Straße schraubt sich in Serpentinen in die Höhe. An einigen Stellen sind erst vor kurzem Erdrutsche niedergegangen. Notdürftig ist seitdem die Strecke wieder passierbar gemacht worden. Im Schrittempo wühlt sich der Bus durch den Schlamm. Immer wieder scheint er steckenzubleiben. Wenn ein Fahrzeug entgegenkommt, beginnt der Fahrer waghalsige Ausweichmanöver am Rande des Abgrunds. Hunderte von Metern kann man oft in die Tiefe schauen. Es wird Nacht, und die Straße steigt noch immer an. Der Bus erreicht die Wolken. Nur wenige Meter dringen die Scheinwerfer durch den Nebel.

Irgendwann ist die Fahrt endgültig zu Ende. Die Fahrgäste springen aus dem Bus in den tiefen Schlamm, waten an einigen, bereits im Nebel vor ihnen haltenden LKW's vorbei und stehen schließlich vor einem — von einem Scheinwerfer angestrahlten — Erdrutsch, der die Straße unpassierbar macht.

»Das kann lange dauern«, sagt Calypso. »Niemand weiß, wann sie kommen werden, um den Schlamm beiseite zu räumen. Nur die allmächtige Société weiß es.« Ihr Finger zeigt in den Nebel. »Sie allein entscheidet, wann es hier weitergeht.«

Am Mittag des nächsten Tages treffen auf der gegenüberliegenden Seite des Erdrutsches die Räumfahrzeuge ein. Den ganzen Tag und die darauffolgende Nacht sind sie im Einsatz. Müde und gleichgültig hängen inzwischen die Leute im Bus herum. Niemand spricht mehr. Hin und wieder versucht jemand, seine Haltung in den engen Bussitzen zu verändern. Das Sitzen ist allen längst unerträglich geworden. Da aber draußen noch immer der Regen fällt, sind die Leute gezwungen, im Bus auszuharren.

Endlich sind — im Morgengrauen des darauffolgenden Tages — die Räumungsarbeiten beendet. Langsam setzen sich die Fahrzeuge wieder in Bewegung. Der Bus fährt sich nach wenigen Metern erneut fest und muß von einem der Räumfahrzeuge auf festeren Boden geschleppt werden. Den ganzen Tag hindurch arbeitet sich dann der Bus im Schrittempo die Berge hinauf. Erst in der Nacht erreicht er sein Ziel: Libreville. Die Stadt liegt wie ausgestorben da. Hay und Calypso stehen — als sei es ein Zufall — nebeneinander auf dem Marktplatz und wissen nicht wohin.

»Es ist zu spät und zu auffällig, um Asmara jetzt noch zu suchen«, sagt Calypso.

Ein Mann, der, in eine Decke gehüllt, unter einer Veranda geschlafen hat und offensichtlich von der Ankunft des Busses aufgeweckt wurde, kommt zu Ihnen herüber.

»Hotel, Mister?« fragt er in einem kaum verständlichen Englisch.

Sie nicken. Der Mann führt sie zu einer kleinen, unbeleuchteten Pension in der Nähe. Mit einer demütigen Kopfbewegung nimmt er das Trinkgeld entgegen, das Hay ihm anbietet. Die Fremden schellen. Eine verschlafene Frau kommt zum Fenster um zu sehen, was draußen los ist. Schimpfend steigt sie die Treppe herunter und öffnet. »Könnt ihr euch denn nicht endlich mal daran gewöhnen, früher zum Vögeln zu kommen?« begrüßt sie die beiden. Sie führt die späten Gäste durch einen unbeleuchteten Korridor und über eine knarrende Holztreppe ohne Geländer in ein kleines Zimmer im ersten Stock.

»Hier können Sie schlafen«, brummt die Alte und stößt eine Tür auf. »Bezahlt wird sofort.« Sie läßt sich von Hay einige Dollar in die Hand drücken und schlurft davon.

Hay tastet nach einem Lichtschalter neben dem Eingang und findet ihn schließlich. Er schaltet das Licht ein, und der grelle Schein der in einer Fassung nackt unter der Decke baumelnden Glühbirne erleuchtet plötzlich den Raum. Einige Kakerlaken versuchen, sich in der nächsten Fußbodenritze zu verstecken oder noch die Flucht zum Waschbecken zu schaffen. Die nicht schnell genug sind, werden von Hay zertreten, dem diese Tiere noch immer Angst machen. Calypso lacht. »Ein Held bist du wirklich nicht, Hay. Ich möchte nur wissen, was dich wirklich zu uns treibt. So einer wie du sollte besser zu Hause am Fernseher sitzen, Tee trinken und sich im Film ansehen, was hier unten los ist.«

Sie läßt sich auf das breite, mitten im Raum stehende Bett fallen und scheint mit der Matratze durchzusacken, bis der Fußboden dem ein Ende setzt. »Was für eine Liebesschaukel. Den Erfinder eurer Betten sollte man noch heute dafür in die Hölle schicken. Was habt ihr nur der Menschheit gebracht, Hay!«

Sie steht wieder auf und sieht sich das Bett an, als ob sie mit ihren Augen die Matratze aufschneiden möchte, um die Wanzen zu zählen, die auf sie warten. »Was für'n Fortschritt!«

»Nur keine Angst«, meint sie plötzlich, als hätte sie Hays Gedanken erraten. »Diese Nacht geht auch vorüber.«

Sie legt einen Arm um ihn und streichelt ihn leicht. Die Berührung elektrisiert ihn. Er reißt Calypso an sich und umklammert sie mit beiden Armen. Sie stößt ihn wütend zurück.

»Mach mal langsam, Sir. Die Nacht ist noch nicht vorbei.«

Hay weicht eingeschüchtert zurück. Die Frauen, die er bisher kannte, haben *so* nie mit ihm gesprochen. Sie haben ihn immer verstanden. Frauen sind doch glücklich, wenn die Männer sie begehren, denkt er. Komische Frau, diese Calypso, vielleicht liegt's doch an der Hautfarbe. Oder am Klima. Nichts ist hier wie sonst. Er versucht sich zurückzuhalten, obwohl er sich auf sie stürzen möchte.

Nervös versucht er, den schmutzigen, zerissenen Plastikvorhang vor dem Fenster zuzuziehen. Zwei Fensterscheiben sind irgendwann einmal zu Bruch gegangen und dann durch Pappe ersetzt worden. Vergeblich versucht er, die Pappe hinter dem Vorhang zu verstecken. Links oder rechts bleibt immer ein Spalt breit frei. Calypso lacht schon wieder. Um sich abzulenken, macht er das Bett. Als er sich umdreht, steht sie vor dem Waschbecken, hat sich den Pullover bereits ausgezogen und knöpft sich gerade die Bluse auf. Sie blickt in den fleckigen Spiegel über dem halb aus der Wand gerissenen Waschbecken und beobachtet Hay. Hay atmet unregelmäßig, stoßweise. Unter dem dünnen Stoff ihrer Bluse sieht er die dunkle Haut. Langsam geht er auf Calypso zu. Er möchte sich auf sie stürzen, spürt aber, daß er sich Zeit lassen muß. Sie läßt sich jetzt ihren Körper streicheln und schmiegt sich eng an Hay.

Es ist also soweit, denkt er. Doch als er ihr zwischen die Beine greifen will, nimmt sie seine Hand und legt sie auf ihren Rücken. »Streichel mich dort. Ich mag das.« Aufgeregt berührt er mit seinen Fingern ihren Rücken. Langsam gleiten seine Finger höher und bleiben schließlich in dem undurchdringlichen, krausen Haar stecken, unter dem ihr Gesicht manchmal ganz klein erscheint. Sie gibt dem Druck des Mannes nach und läßt sich küssen. Als er sie aufs Bett zieht, leistet sie keinen Widerstand mehr. Sie hängt mit der Matratze bis auf den Boden durch und hat ein wenig Angst vor dem Augenblick, wo sich Hay auf sie stürzen wird.

Aufgeregt fingert er an ihr herum. »Armer Kerl«, denkt sie. »Nichts können sie, und dennoch haben sie die Macht.« Als sie beide nackt sind und er sie eng an sich drückt, beginnt er plötzlich zu zittern. Sie ist fast erleichtert. Er preßt sein Gesicht in die Decke. »Ich will zuviel von dir. Und von mir.« Sie spürt, daß er weint.

»Das macht nichts, Hay,« sagt sie tröstend. »Wir sind keine Sexmaschinen. Ich so wenig wie du. Nur daß ich es vielleicht eher merke als du.«

Sie legt seinen Kopf zwischen ihre Brüste und streichelt ihn sanft. In seine Nase steigt ein Duft von Haut, der ihn träumen läßt.

»Die Nacht ist noch lang,« hört er Calypso sagen, bevor er einschläft.

Als Hay am nächsten Morgen aufwacht, liegt er allein im Bett. Calypso ist bereits unterwegs. Am liebsten möchte er sich verkriechen. Es ist nicht das erste Mal, daß es ihm so ergeht, aber dieses Mal erscheint es ihm besonders schlimm. Er beginnt zu onanieren und stellt sich dabei vor, so verrückt mit Calypso zu vögeln, daß sie es nicht mehr aushält. Dann ist er damit fertig und liegt noch unglücklicher auf dem Bett als zuvor.

Es ist fast Mittag, als er die Kraft aufbringt, endlich aufzustehen. Er wird den Tag allein sein und Calypso erst am Abend treffen, da es vorher zu sehr auffallen würde, wenn sie sich zusammen sehen ließen. Er sucht ihrer beider Sachen zusammen, und stopft alles in eine Ledertasche. Ohne jemandem zu begegnen, verläßt er mit seinem Gepäck das Hotel und geht auf die Straße. Seit dem Morgen regnet es auch in Libreville. Hay, der an die Hitze des Flachlandes gewöhnt ist, zittert vor Kälte. Er hat keine Regenkleidung mitgenommen. Sturmböen peitschen durch menschenleere Straßen. Hinter den Häusern beginnt der Berg. Er steckt tief in den Wolken. Dicht unter der Wolkendecke erkennt Hay einen fünfzackigen Stern und die Buchstaben S.M.

Er läuft die wenigen Schritte zum großen Platz hinab und flüchtet sich in ein Café gegenüber der Polizeikaserne. Er ist der einzige Gast. Auch der Marktplatz liegt wie ausgestorben da. Er sehnt sich nach der Wärme der Ebene und dem Leben dort. Ihm fällt ein, daß heute Samstag sein muß: in Libreville ein Tag wie jeder andere, wie ihm Calypso erzählt hat. In den Minen wird sieben Tage in der Woche gearbeitet. Jeden Tag drei Schichten. Rund um die Uhr. Die Menschen leben hier für die Arbeit, wenn auch nicht freiwillig. Die Stadt bedrückt Hay. Er spürt plötzlich einen ihn fast zerreißenden Wunsch, jetzt in einem der Cafés am Boulevard St. Michel in Paris zu sitzen, einen *express* zu trinken, einen französischen Porno durchzublättern und manchmal aufzublicken und den Studentinnen in ihren kurzen Petticoats nachzuträumen. Da oben muß jetzt Frühling sein. Frühling in Paris.

Er bestellt eine Bohnensuppe, das einzige, was es in diesem Café am großen Platz von Libreville zu essen gibt, und trinkt einen Schnaps dazu. Wenigstens Schnaps gibt es hier. Ihn friert noch immer. Die Suppe steht vor ihm, als eine Gruppe durchnäßter Soldaten hereinkommt und sich lärmend an einem Tisch in der Nähe des Fensters niederläßt. Die Soldaten bestellen eine Flasche Schnaps und lassen sie kreisen.

Die Tür geht wieder auf, und ein Bettler kommt herein. Mit gesenktem Kopf, den Hut in der Hand geht er auf die Soldaten zu und bleibt vor ihnen stehen. Einer der Soldaten beugt sich zu ihm herüber und bläst ihm dicke Rauchwolken ins Gesicht.

»Gute Marke, was?«

Der Bettler gibt keine Antwort. Er kneift die Augen zu, weicht aber nicht zurück.

»Weil du so tapfer bist, habe ich noch was ganz besonderes für dich«, sagt der Soldat. Er zieht seine Hand aus der Hosentasche und wirft ihm etwas Dreck in den Hut, den er in seiner Tasche zusammengekratzt hat. Die Soldaten brechen in wildes Gelächter aus. Mit unbewegtem Gesicht verläßt der Bettler die Kneipe.

Hay zahlt und geht. Auf der gegenüberliegenden Seite des Marktplatzes steht ein knallgelbes Taxi. Hay zieht seine Jacke über den Kopf und rennt durch den Regen.

»Zu den Minen«, ruft er dem Fahrer zu.

»Immer mit der Ruhe, Sir!« Der Wagen springt nicht an. »Verdammte Scheiße«, flucht der Fahrer. Er packt unter den Sitz und holt eine Kurbel hervor. Im strömenden Regen versucht er, den Wagen wieder in Gang zu bringen. Beim sechsten oder siebenten Versuch gelingt es endlich. Fluchend setzt er sich hinter das Steuer.

Er fährt über eine Asphaltstraße voller Schlaglöcher. Hin und wieder begegnet ihnen ein Lastzug der Société Minière. Sonst ist auf der Straße nichts los. Vor dem Werkstor stoppt der Taxifahrer.

»So, da wärn wir! Soll ich auf Sie warten?«

Hay bleibt sitzen und sieht sich um. Am Eingang stehen Leute vom Werkschutz. Sie tragen Gewehre. Der rotweiße Schlagbaum ist heruntergelassen.

Über den Hof gehen einige Arbeiter. Der Regen scheint ihnen nichts auszumachen. Am Ende des Platzes steht ein langgestrecktes älteres Fabrikgebäude. Scheiben sind eingeschlagen, das Dach ist an manchen Stellen zusammengebrochen. Über dem Gebäude erhebt sich, im Felsen verankert, der riesige fünfzackige Stern mit den Buchstaben S.M., den Hay schon von der Stadt aus gesehen hatte.

»Was bedeutet der Stern?« fragt er den Fahrer.

»Den hat die Société den Roten geklaut.«

Hay ist verblüfft, fragt aber nicht weiter.

»Fahren Sie wieder zurück?« befiehlt er stattdessen.

»Ist das schon alles?« brummt der Fahrer. »Sagen sie bloß, Sie sind hier zum Vergnügen gewesen?«

Unterhalb vom Werk beginnen die Bergarbeitersiedlungen. An der ersten Querstraße fällt Hay eine kleine Eckkneipe auf.

»Halten Sie an!«

Der Mann tritt auf die Bremse.

»Wollen Sie einen mittrinken?«

»Ich warte lieber draußen. Aber lassen Sie etwas Geld da. Wer weiß, ob Sie nicht durch den Hintereingang verschwinden.«

Hay drückt ihm einen Schein in die Hand und geht in die Kneipe. Als er reinkommt, verstummen die Gespräche. Die Männer an den Tischen mustern ihn feinselig. Er stellt sich an die Theke und bestellt einen Schnaps. Niemand spricht mit ihm. Ein Arbeiter nach dem anderen geht nach draußen. Man hört eine Sirene.

Nach dem zweiten Schnaps zahlt Hay und verläßt die Kneipe. Die Straße ist jetzt voller Menschen. Fast alle sind zu Fuß. Hin und wieder kommt jemand mit einem Fahrrad vorbei. Einige Männer steigen in den klapprigen Bus neben dem Werkstor. Die Menge kennt nur zwei Richtungen: den Berg hinab zur Stadt oder herauf zum Werk. Es ist Schichtwechsel.

Hay sieht den Vorbeieilenden einige Minuten zu und läßt sich dann in die Stadt zurückbringen.

»Ich hoffe, es hat Ihnen gefallen,« sagt der Taxifahrer. »Einen seltsamen Geschmack haben Sie, sich in diese Gegend zu verirren.«

Hay kehrt in das Café am großen Platz von Libreville zurück, um auf Calypso zu warten. Die Soldaten sind verschwunden. Um die Stille im Café ertragen zu können, stellt er das Kofferradio an, das er mitgebracht hat. Draußen wird es allmählich dunkel. Das Alleinsein bedrückt ihn. Als Calypso kommt, atmet er auf. Sie zieht die Kapuze aus dem nassen Gesicht und knöpft den Regenmantel auf.

»Was Neues?« fragt sie.

Er schüttelt den Kopf. »Ich war oben an den Minen.«

Sie sieht ihn überrascht an.

»Ich weiß auch nicht, wie ich drauf kam. In der Stadt war nichts los. Alles eingeregnet. Aber da oben war es noch schlimmer. Ich hielte es dort keine Woche aus.«

»Andere müssen dort ihr ganzes Leben bleiben.«

»Wenn einer will, kommt er auch weg.«

Sie wischt sich den Regen aus dem Gesicht. »Du wirst das nie begreifen, Hay. Du konntest in deinem Leben immer weg. Aber diese Menschen werden niemals deine Chance haben. Sie haben die falsche Hautfarbe, große Familien, einen armseligen Lohn, Schulden und als einzige Alternative zu ihrer Arbeit die Aussicht, arbeitslos zu werden. An Weglaufen denkt man hier so leicht nicht, wenn man einen Arbeitsplatz hat. Auch wenn man noch so gerne abhauen möchte.«

Gleichmäßig und ohne sich zu überanstrengen, steigen sie den Berg hinauf. Neben der Straße liegen die Häuser der Bergarbeitersiedlung. Flachdachige Lehmhütten und Wellblechbaracken, gegen die der Regen trommelt. Niemand außer Hay und Calypso scheint mehr unterwegs zu sein. Die Straße liegt im Dunkel. Keine erleuchtete Kneipe, kein Kino, kein helles Schaufenster, keine Straßenlaterne, nicht einmal Fenster, hinter denen noch Licht brennt. Die Menschen kommen von der Schicht nach Hause, essen ein wenig und legen sich erschöpft schlafen.

Hay ist nachdenklich. »Vorhin war ich glücklich. Ich dachte an dich. Jetzt kommt die Angst zurück. Ich weiß nicht, was ihr wirklich von mir wollt. Niemand sagt hier die Wahrheit.«

Calypso hat Mitleid mit ihm. Dieser Mann war als Träumer nach Äquatoria gekommen und würde es wohl auch bleiben. Es war besser, ihm nicht zu sagen, um was es wirklich ging. Was einer nicht wußte, konnte er auch nicht verraten.

»Weshalb machst du bei den Qué-Qué mit?« fragt er. »Ich verstehe nicht, wie man sein Leben freiwillig für eine unsichere Sache wie eure Revolution aufs Spiel setzen kann.«

Sie lächelt. »So freiwillig war das in Wirklichkeit nicht. Es war die einzige Chance in meinem Leben. Ohne die Qué-Qué wäre ich in Gingerport zugrunde gegangen wie Tausende vor mir. Irgendwo im Puff oder auf der Straße.«

Sie ahnt, daß ihn ihre Brutalität erschreckt. »Das hörst du nicht gerne, ich weiß Hay. Aber dein Bild von der Welt hat nun mal mit der Realität, unserer Realität, nichts zu tun. Mit vier oder fünf Jahren kam ich in ein Waisenhaus. An meine Eltern kann ich mich nicht erinnern. Sie sollen von euch umgebracht worden sein. Beim Massaker von Mongalla. Das hat mir mal eine der frommen Schwestern erzählt. Zehn Jahre lang war ich in den Händen der Kirche. Zehn endlose Jahre. Kinderjahre. *Meine* Kinderjahre. Damals habe ich euch kennengelernt. Seit meinem ersten Tag im Heim: gehorchen und beten! Bei den geringsten Verstößen wurden wir von den frommen Schwestern auf den rechten Weg geprügelt. Sie ließen uns nie aus den Augen. Wir hatten immer Angst. Das Prügeln war ihrer Ansicht nach der einzige Weg, um aus Wilden halbe Menschen zu machen.«

Sie geht langsamer, scheint fast zu vergessen, wo sie jetzt ist. »Mit fünfzehn schickten sie mich als Spülerin in die Kaserne. Drei Jahre vor der Unabhängigkeit. Eines Abends hatte ich Spätdienst. Ich war allein in der Küche, als die Soldaten kamen. Kurzgeschorene, blonde Jungen. Mit Augen, wie du sie hast; kalte, blaue Augen. *Mother fuckers,* so nannten sie sich selbst. Sie hatten schon stundenlang in der Kantine gesoffen. Die meisten konnten sich kaum noch auf den Beinen halten. Aber sie waren noch nicht besoffen genug, um nicht noch Lust auf ein Niggerweib zu haben.«

Hay fühlt sich unsicher, weiß nicht, wie er sich verhalten soll, möchte am liebsten wegrennen und hat zugleich Angst, sie zu verletzen. Schweigend gehen die beiden nebeneinander her.

»Haßt du die Weißen?« fragt er.

»Damals habe ich euch alle gehaßt. Alle, ohne Ausnahme. Euretwegen laufe ich heute mit dem Namen *Calypso* herum. Weil *ihr* meinen richtigen Namen nicht aussprechen könnt. Nicht einmal meinen Namen habt ihr mir gelassen.«

Sie biegen in eine schmale Seitenstraße ein und halten vor einem der kleinen Häuser. Calypso klopft in einem verabredeten Rhythmus gegen die Tür. Jemand öffnet. Vor ihnen steht ein kleiner, untersetzter Mann im dunklen Overall. Calypso stellt ihn als Tigre vor. Er schüttelt den beiden Besuchern die Hand. Das Haus besteht aus einem einzigen großen Raum, der so niedrig ist, daß Hay kaum aufrecht stehen kann. Tigre bittet sie, in der Nähe der Feuerstelle auf dem Boden Platz zu nehmen. An der gegenüberliegenden Wand schlafen einige in Decken gehüllte Personen. Es klopft noch einmal. Tigre geht zur Tür und öffnet. Er kommt mit zwei Männern zurück, die Bergleute wie er selbst zu sein scheinen.

»Majoc und Angok Tuony«, stellt er sie vor.

Die beiden grüßen und setzen sich.

»Sie machen den Lastwagen für euch fertig.«

Hay blickt verständnislos auf Tigre und dann auf Calypso.

»Er weiß noch nicht Bescheid«, bemerkt Calypso.

»Du fährst übermorgen einen Lastzug nach Gingerport zurück. Calypso wird dich begleiten.«

Hay wird unruhig. »Davon war bislang nicht die Rede. Ich habe in meinem ganzen Leben noch keinen Laster gefahren. Weshalb können wir nicht den Bus und die Eisenbahn nehmen?«

»Wir brauchen den Wagen in Gingerport. Ihr werdet Waffen rüberschaffen, die durch die Berge geschmuggelt worden sind und die sie in Gingerport benötigen.«

Hay spürt Angst in sich aufsteigen. »Die Sache ist mir zu gefährlich. Ein Himmelfahrtskommando war zwischen uns nicht ausgemacht.«

Tigre versucht, ihn zu beruhigen. »Europäer riskieren dabei so gut wie nichts. Auch der mutigste schwarze Soldat wagt es nicht, einen Weißen ernsthaft zu kontrollieren. Und wenn wirklich etwas schief zu gehen droht, habt ihr genug Geld mit. Geld wirkt bei unseren Soldaten immer noch Wunder.«

Hay sucht nach einem Ausweg aus dieser Situation. Er denkt daran, einfach wegzulaufen. Sie können ihn ja nicht zu diesem Himmelfahrtsunternehmen zwingen. Ihr Kampf ist nicht seiner. Er hat eigene Interessen. Er ist Fremder in diesem Land. Doch dann sieht er Calypso, die ihn beobachtet. Er weiß plötzlich, daß er dableiben wird. Und sei es auch nur Calypsos wegen. »Also gut, ich mache mit.«

Sie verbringen die Nacht in einem Nachbarhaus. Es ist voller Menschen wie das Haus, in dem sie sich gerade mit den anderen getroffen hatten. Calypso spürt Hays Enttäuschung.

»So ist das überall bei uns.«

»Und wann und wo und wie macht ihr eure vielen Kinder?«

»Unser Geheimnis, Hay«, antwortet sie lachend.

Noch immer regnet es in den Bergen. Hay und Calypso sitzen nach dem Frühstück unter einem Dachvorsprung im Innenhof jenes Hauses, in dem sie die Nacht verbracht haben. Er möchte mit ihr schlafen, sie erklärt ihm die Geschichte des Widerstandes. Qué-Qué heißt nicht nur die Guerilla, so heißt auch die Bergbaustadt oberhalb Librevilles. Dort endet die Straße. Nur unwegsame Wege führen weiter durch die Berge. Auf ihnen treffen aus dem Nachbarland geheime Waffentransporte für die Einheimischen ein, die dann in die Ebene bis Gingerport geschafft werden.

Hay hat Mühe, sich auf Calypsos Ausführungen zu konzentrieren. Er fragt sich, ob sie nicht spürt, was in ihm vorgeht. Sie erzählt vom Unabhängigkeitskampf, der das Kolonialregime vor sieben Jahren schließlich zwang, das Land zu verlassen, und von den Jahren danach, die dann ganz anders wurden als erhofft. Gerade in den Minen, so versucht sie ihm an vielen

Beispielen zu zeigen, sei alles beim alten geblieben. So begann dort der Befreiungskampf nach einigen Jahren aufs Neue. Der erste Generalstreik seit der Unabhängigkeit wurde ausgerufen, doch vom Militär nach wenigen Tagen zerschlagen. Erst danach entstand die Bewegung der Qué-Qué, deren Name an die blutigen Kämpfe in den Minen erinnert. Zunächst waren es nur wenige, die noch die Kraft hatten, den Widerstand fortzusetzen; in den letzten Jahren aber war ihre Zahl gestiegen.

Der erst zwei Wochen zurückliegende Putsch, der in Victoria Offiziere an die Macht brachte, die die Internationale zur Nationalhymne machten, die rote Fahne hißten und die Verstaatlichung des ausländischen Besitzes versprachen, hatte neue Hoffnungen auch unter den Bergleuten geweckt. Sie organisierten erste wilde Streiks. Die Hoffnungen schienen jedoch auch dieses Mal nicht in Erfüllung zu gehen: die Regierung hatte bereits die Verstärkung ihrer Truppen in der Bergbauregion angekündigt.

Hay unterdrückt mit Mühe ein Gähnen.

»Ich sehe, daß es dich ermüdet«, sagt Calypso ärgerlich.

»Ja, was soll denn die Geschichte eures Kampfes, wenn sie bei mir nur Müdigkeit hervorruft?«

»Wir möchten, daß das, was wir wollen, auch andere begeistert.«

»Du erreichst mit deiner Methode jedoch das Gegenteil. Du versuchst mir deine Geschichte aufzuzwingen. Mir mag das, was du willst, vielleicht im Kopf als Befreiung erscheinen. Doch du läßt mir keine Möglichkeit, selbst dorthin zu finden. Wie könnte ich wagen, nicht so sein zu wollen, wie du es mir vorformulierst? Kann denn das der Weg zur Befreiung sein? Da muß doch jeder selbst hinfinden. Wenn ihr jedem vorschreiben wollt, wie er zu sein hat, wie kann das anders enden als in neuer Unfreiheit?«

»Das klingt gut, Hay, aber so geht es nicht. Alles ginge hier drunter und drüber, wenn jeder tun und lassen könnte, was er will. Das wäre die Anarchie! Wir bauen ein System, den Sozialismus, wo das Chaos, in welcher Form auch immer, keinen Platz mehr hat. Die Menschen werden sich wie Zahnrädchen ineinander fügen.«

»Glaubst du?« Hay lacht. »Als wenn diese Versuche nicht überall auf der Welt immer wieder gescheitert wären! Meinst du wirklich, die Menschen wollen sich wie Zahnräder ineinander fügen?«

Am Abend erwartet Tigre die beiden zu einer letzten Besprechung. Bevor sie kommen, trifft er sich noch mit einigen Arbeitern aus den Minen.

»Wir haben noch eine halbe Stunde. Bis dahin müssen wir uns einigen. Bis wann könnt ihr im Werk III die Abstimmung durchführen?« fragt er einen der Bergarbeiter.

»Noch vor dem Wochenende. Wahrscheinlich am Freitag.«

»Gut, und wie sieht es im Werk II aus?« fragt er einen anderen.

»Die Vorbereitungen sind angelaufen. Die Abstimmung soll Mitte nächster Woche abgeschlossen sein.«

»Gut. Unsere Chance ist dieser Streik. Wenn es uns nicht gelingt, überall gleichzeitig zu beginnen, macht die Armee einen nach dem anderen fertig. Wir dürfen dabei nicht vergessen, daß es nicht nur gegen die Société geht, sondern daß sich der ganze Süden erheben soll. Auf jeden Fall werden die Städte dabei sein, vor allem Gingerport; vielleicht auch einige der Stämme in der Steppe, die mit der Steuerpolitik der Regierung unzufrieden sind. Heute Nacht startet der Transport nach Gingerport. Hauptsache, der Inglés verliert nicht die Nerven!«

»Ich halte nicht viel von ihm«, sagt Angok Tuony.

»Er ist ein Schwächling«, stimmt Tigre zu. »Aber im Augenblick haben wir keinen anderen. Aussteigen kann er jetzt nicht mehr. Außerdem rennt er hinter Calypso her. Wenn Leute seiner Art einmal hinter einer Frau her sind, springen sie so schnell nicht mehr ab.«

»Ich glaube, daß wir es mit ihm versuchen müssen«, unterbricht ihn jemand. »Ich muß jetzt gehen.«

Die meisten stehen — vom Sitzungsritual ermüdet — auf und verabschieden sich. Die anderen bleiben und warten auf Hay und Calypso.

»Bist du dir wirklich sicher, daß wir den beiden den Auftrag geben sollen?«wendet sich Angok Tuony noch einmal an Tigre.

Dieser nickt. »So lange Calypso dabei ist, wird er die Nerven behalten.« Er macht eine kleine Pause. »Vielleicht ist es doch besser, die beiden nur bis Desert Springs zu schicken und dann andere den Rest machen zu lassen.«

Jemand klopft an die Tür. Tigre öffnet und kommt mit Hay und Calypso zurück.

»Alles in Ordnung?«

Sie nicken.

»Die Papiere sind fertig.« Tigre nimmt einen Umschlag vom Tisch und zieht Formulare und einen Paß heraus. »Hier sind die Wagenpapiere und der Frachtbrief. Und das ist dein Ausweis, Hay.«

Er sieht sich den Paß an. Sorgfältig hat man sein Foto in den Ausweis jenes Pierre Speyer geklebt, der bis vor kurzem als Ingenieur bei der Société Minière arbeitete und inzwischen nach Europa zurückgekehrt ist. Die Fälschung scheint Hay geschickt gemacht. In Gedanken wiederholt er noch einmal, was ihm Tigre über das Leben jenes Mannes, dessen Namen er jetzt trägt, erzählt hat.

»Euer Risiko ist gering«, sagt Tigre beruhigend. »Europäer, die für die Société arbeiten, werden fast nie kontrolliert. Außerdem sind die Kisten im Wagen so schwer, daß man fast einen Kran braucht, um eine hochzuheben. In den unteren Kisten liegen die Waffen. In den oberen ist Werkzeug laut Frachtbrief. Das wird jeden neugierigen Polizisten überzeugen. Notfalls habt ihr genug Geld dabei, um ihn zum Schweigen zu bringen.«

Tigre schenkt den beiden einen Schnaps ein. »Eine kleine Stärkung kann nicht schaden.«

Sie hören ein Pferdefuhrwerk in der Straße. Jemand kommt an die Tür.

»Es ist soweit«, sagt Tigre. »Wir werden abgeholt.«

»Hay und Calypso nehmen ihr Gepäck auf und gehen mit den anderen nach draußen. Hay trägt Lederstiefel und den blauen Overall der Société Minière. Auf seiner Mütze und an der Brusttasche funkelt der fünfzackige Stern mit den Buchstaben S.M.

»Warum haben sie euch eigentlich den Stern geklaut?«

Sie sieht ihn erstaunt an. »Vielleicht in der Hoffnung, manchem Sand in die Augen zu streuen?«

Calypso hat sich für diese Fahrt das schwere Gewand der Bergbewohnerinnen übergezogen. Auf dem Kopf trägt sie ein Bündel Kleider, in der Hand einen Tonkrug. Sollte sie bei einer Kontrolle ausgefragt werden, wird sie sich als Bäuerin auf dem Weg zu ihren Verwandten in Gingerport ausgegeben. Hay hat sie an der Straße gesehen und mitgenommen.

Die beiden kriechen unter die Plane des Pferdefuhrwerks, während Tigre neben Angok Tuony auf dem Bock Platz nimmt. Sie fahren durch ruhige Straßen zu einer Autowerkstatt am Stadtrand, wo Majoc sie auf das vereinbarte Klopfzeichen hereinläßt. Im Hof steht der Zwölftonner der Société Minière. Hays alte Ängste kehren zurück, als er den Wagen erblickt. Er hat in seinem Leben nie etwas anderes als Personenwagen gefahren. In Gedanken sieht er schwindelerregende Serpentinen, Erdrutsche, Steilhänge und dichte Nebelwände auf sich zukommen und sich selbst inmitten dieses Chaos am Steuer eines Zwölftonners mit Waffen und Sprengstoff. Und dann die Angst vor Kontrollen...

»Unmöglich«, sagt er.

Calypso legt ihren Arm um ihn. Sie lacht. »Es gibt schwierigere Dinge im Leben, als einen Laster die Violet Mountains hinunterzufahren, Hay.«

Angok Tuony klettert mit den beiden ins Führerhaus und erklärt ihnen das Fahrzeug. Nach einigen Minuten sind sie startbereit. Sie verabschieden sich und lassen das Fahrzeug vorsichtig aus dem Hof rollen. Angok Tuony bleibt neben ihnen sitzen, bis sie auf der Straße sind und springt dann ab.

In den ersten Minuten ist Hay sehr nervös. Als sie die Straßensperre unterhalb der Stadt erreichen, hat er sich jedoch schon etwas an den Zwölftonner gewöhnt. Der wachhabende Soldat sieht das Zeichen der Société Minière und läßt sie ohne Kontrolle passieren. Hinter der Sperre beginnen die Serpentinen. Hays schlimmste Befürchtungen scheinen sich zu verwirklichen. Der Nebel wird dichter. Hay fährt im Schrittempo, einen Fuß auf der Bremse. Seine Augen brennen vor Überanstrengung. Einmal läßt er sich beim Fahren von Calypso ablösen, doch da sie Angst haben, unerwartet in eine Kontrolle zu geraten, tauschen sie bald wieder die Plätze.

Gegen Mitternacht werden sie so müde, daß sie anhalten, um etwas zu schlafen. Als Hay aufwacht, zittert er vor Kälte. Grelles Scheinwerferlicht blendet seine Augen. Er dreht den Kopf zur Seite und sieht einen Soldaten an der Wagentür. Er kurbelt die Scheibe runter.

»Die Papiere, Sir.«

Der Soldat sieht sie sich kurz an und gibt sie ihm zurück.

»Wer ist die Frau?«

»Stand irgendwo an der Straße und wollte mitgenommen werden.«

»Okay, Sir. Seien Sie vorsichtig, daß Sie nicht in die Hände von Banditen geraten. Gute Fahrt!«

Er grüßt und geht zu seinem Jeep zurück.

»Die machen sich noch vor Angst in die Hose«, sagt Calypso verächtlich. »Hinter jedem Strauch wittern sie einen Guerillero. Und plötzlich: »Wenn's doch nur so wäre.«

In der nächsten Nacht haben sie endlich die Berge hinter sich. Sie sind wieder in der Ebene. Um neun Uhr morgens erreichen sie Nanjuko. Die Sonne brennt von einem wolkenlosen Himmel. Sie kaufen sich etwas zu essen und zu trinken und fahren weiter. Am Stadtrand werden sie noch einmal kontrolliert. Dann sind sie in der Steppe. Es gibt keine ausgebaute Straße nach Gingerport, nur einige Wagenspuren, denen jeder folgt. Wo die Gefahr besteht, daß die Piste durch Flugsand verschüttet wird, ist sie durch Stäbe abgesteckt. Sonst folgt man einfach den Spuren.

Nach zwei Stunden kommt ihnen der erste Wagen entgegen. Die beiden Lastzüge halten nebeneinander.

»Irgendwas Besonderes auf der Strecke?« fragt Hay.

Der andere schüttelt den Kopf.

»Tot wie immer. Alles bei dir in Ordnung?«

»Alles. Und bei dir?«

»Alles in Ordnung. Gute Fahrt!«

Die beiden Lastzüge setzen sich langsam in Bewegung. Wieder nichts als die tischebene, menschenleere Steppe. Manchmal wechseln sich hier Hay und Calypso beim Fahren ab. Gegen Mittag machen sie Rast und legen sich unter den Wagen. Der Boden ist glühend heiß. Sie essen Brot und Obst, das sie in Nanjuko gekauft haben, und trinken Wasser dazu aus dem Tonkrug. Hay kaut auf einem trockenen Grashalm. »Ich möchte wissen, wie das Gestrüpp in diese verdammte Gegend gekommen ist.« Calypso lacht. »Seltsame Probleme hast du, Hay. Bei uns zu Hause erzählte man den Kindern, daß Gott eines Tages mit den Menschen zürnte und die Bäume nahm und sie umdrehte, so daß die grünen Wipfel im Boden verschwanden und die dürren Wurzeln blattlos in den Himmel ragten.«

Sie legt ihren Kopf an Hays Schulter und beginnt ihn zu streicheln. Die Mittagshitze entspannt Hay und läßt ihn in einen schläfrig-träumerischen Zustand fallen, in dem er jene ihn innerlich verkrampfende Angst kaum mehr spürt, die er bisher hatte, wenn Calypso ihn berührte. So einfach kann es also sein, denkt er. Er genießt es, sich von ihr streicheln zu lassen. Zeit haben, sagt er sich. Nicht fertig sein wollen aus dieser Angst heraus, bevor es überhaupt losgeht. Wie ein Schüler versucht er, eine neue Lektion zu lernen. Calypso sieht ihn ein wenig spöttisch an, als errate sie, was in ihm vorgeht. Sie beugt sich über ihn, küßt sein Gesicht und läßt ihre Hand über seinen nackten Oberkörper gleiten.

»Ihr Männer, ihr zieht euch aus, wo ihr wollt. Aber jetzt halt's ich's auch nicht mehr in diesem Panzer aus«, lacht sie und beginnt, ein wenig ungeschickt, das traditionelle Gewand der in den Bergen lebenden Frauen abzulegen. »Wie du siehst, ich habe mich an eure Kultur gewöhnt. Ich komme nicht einmal mehr mit den Gewändern meiner Heimat zurecht. Ich verkleide mich darin! Und doch bin ich von hier, bin keine von euch und werde es auch nie sein. So ähnlich ich euch auch erscheinen mag.«

Sie genießt es, die Luft an ihrem nackten Körper zu spüren, und beugt sich wieder über den Mann neben sich. Sie spürt seine Finger auf ihrer Haut und hindert sie dieses Mal nicht, als sie den Weg zwischen ihren Beinen hinauf suchen.

Wo immer sich ihre erregten Körper berühren, spüren Hay

und Calypso ihre Haut — naß von Schweiß — aneinander kleben. Wo immer sich die beiden ein wenig voneinander lösen, trocknet die Haut sofort in der heißen Luft und gibt ihnen für einen kurzen Moment das Gefühl, als streiche ein kühler Luftzug über ihre Körper. Wo immer sie sich küssen, schmecken sie Salz, das sie in ihrem Mund zergehen lassen. Lange vermögen sie dieses Spiel nicht zu kontrollieren. Immer tiefer fallen sie in die Hitze des Mittags, dem Augenblick hingegeben, im Bewußtsein der Einmaligkeit, ohne Aussicht auf eine Zukunft und doch vielleicht auf eine Zukunft hoffend.

Als sie sich schließlich voneinander lösen, lösen sie sich, um in einen befreienden Schlaf zu fallen. Ein heißer Südwind, der Sand und Dreck aufwirbelt, weckt die beiden nach Stunden. Es ist nachmittag. Hay ist zuerst wach. Er streichelt die neben ihm schlafende Frau, beobachtet sie beim Erwachen und zieht sie, die noch nicht zu begreifen scheint, an sich heran.

»Dein Name paßt zu dir: *Calypso*. Auch wenn er ein fremder Name ist und dein eigener ein unaussprechlicher.« Sie ist plötzlich hellwach. »Idiot! Der Name paßt zu mir wie deiner — Haifisch — zu dir, dem harmlosen Opferlamm. Du weißt noch immer nichts von mir. Calypso — der Name sagt etwas darüber aus, wie ihr mich seht, nichts darüber, wie ich bin. Über eure Träume vom Tropenbordell, in dem ihr euch endlich einmal austoben könnt.« Doch in Wirlichkeit fühlt sie sich noch zu wohl, um allzu ärgerlich zu sein, amüsiert sich vielmehr über Hays betroffenes Gesicht. »Armer Hay, immer packst du's mit mir am falschen Ende an.«

Sie stehen auf und streichen sich gegenseitig den Sand vom Körper. Noch einmal sehen sie sich an und küssen sich — fast schon Abschied nehmend.

Nach kurzer Fahrt nähern sie sich einem kleinen Ort. Einige flache Lehmhäuser stehen verstreut in der Wüste. Das Land ist so trocken und unfruchtbar wie überall.

»Wovon leben die Menschen?« fragt Hay.

»Von uns wahrscheinlich«, sagt Calypso. »Jeder, der durchkommt, hält in dem Nest und läßt etwas Geld da.«

Der Lastzug der Société Minière fährt über einen breiten,

menschenleeren Platz. In der Mitte steht ein aus Lehm erbautes Fort aus der Kolonialzeit. Über der Zitadelle weht die rote Fahne. Die Fenster sind vergittert, das Tor ist aus massivem Holz.

»Jetzt weißt du, weshalb dieser Ort entstanden ist«, sagt Calypso.

Neben dem Tor sitzt ein Soldat auf einem Stuhl und schläft. Über seinem Kopf hängt eine verrostete Coca-Reklame. Sein Gewehr ist zu Boden gefallen. Als der Laster vorbeifährt, wacht er kurz auf, wirft einen Blick auf den Wagen und läßt dann den Kopf zwischen die Arme sinken.

Sie halten an der einzigen Tankstelle. Hay muß fünf Minuten hupen, bis jemand kommt.

»Verdammte Hetzerei«, brummt der Mann. »Ihr kommt auch immer, wenn man gerade schläft.«

Er pumpt den Diesel mit der Hand in den Tank. Hay geht um die Ecke zum Pinkeln. Als er zurückkommt, fällt ihm auf, mit wievielen Werbeslogans die Tankstelle geschmückt ist.

»Welche Marke führen Sie eigentlich?« fragt Hay.

»Weiß ich nicht. Ich sammle das Reklamezeug. Macht das Leben etwas bunter. Hier kommt jede große Firma hin und wieder vorbei. Wenn's Faß leer ist, wird nachgefüllt. Ist doch alles dasselbe.«

Der Mann steckt sich eine Zigarette über der Zapfsäule an. Hay tritt einige Schritte zurück.

»Passen Sie auf, daß Sie nicht in die Luft fliegen.«

Der Mann grinst. »Wenn ich hier in die Luft fliege, ist das ganze Dorf weg.«

Er zuckt gleichgültig mit den Schultern.

Hay zahlt und fährt die wenigen Meter zur Kneipe nebenan. Unter der strohbedeckten Veranda sitzen einige Männer beim Würfelspiel. Als sie die Fremden sehen, unterbrechen sie ihr Spiel.

»Was darf's denn sein?«, fragt der Wirt die neuen Gäste, die an einem Tisch im Schatten Platz nehmen.

»Zwei Tee.«

Der Mann bringt den Tee in einem rußgeschwärzten Kupferkessel.

»Lange Fahrt, was?«

»Ja, bis Gingerport.«

»Bis Gingerport«, wiederholt der Mann. »Da fahren alle hin. Bin nie dagewesen. Gingerport.«

Es ist, als sei hier die Zeit stehen geblieben. Seit Jahren scheint sich in diesem Ort nichts verändert zu haben.

»Weshalb laßt ihr die Menschen nicht, wie sie sind?«, wendet sich Hay an Calypso, als der Wirt ins Lokal zurückgekehrt ist. »Sie sind hier doch zufrieden. Weshalb wollt ihr sie zu etwas zwingen, was sie nicht wollen?«

Calypso ärgern diese Diskussionen, die immer am gleichen Punkt enden. »Du verstehst uns nicht, Hay. Dir gefällt das heutige System, weil es dir darin recht gut geht. Aber unsere Erfahrungen sind andere. Ganz andere.«

Hay sieht sie spöttisch an. »Das sind doch nichts als Träumereien. Selbst wenn ihr siegt, wird es hinterher nicht anders sein. Das haben alle Revolutionen bewiesen. Gegen den Egoismus kommt ihr auch nicht an. Die Welt kann keiner von euch ändern.«

Calypso ist wütend. »Wenn alles im Überfluß da ist, wird keiner mehr als der andere wollen. Weshalb sollte ich zehn oder hundert Brote zu Hause stapeln wollen, wenn ich mir ein frisches holen kann, wann ich will — und das nicht erst, wenn ich Geld habe, sondern Hunger.«

Hay lacht. »Und wie wollt ihr euer kommunistisches Paradies nach Äquatoria zaubern, wo es außer Sand und Elefantengras und Moskitos nichts im Überfluß gibt und auch in hundert Jahren nicht geben wird?«

Calypso lehnt sich über den Tisch. »Mit eurer Hilfe, Hay. Mit eurer Hilfe, die ihr Weißen uns geben werdet, wenn ihr selbst keine Sklaven mehr sein wollt.« Sie steht wütend auf.

Am Ortsausgang werden sie von zwei Soldaten gestoppt. Hay gibt einem der beiden die Papiere. Der Mann scheint nicht lesen zu können. Auch das Zeichen der mächtigen Société Minière beeindruckt ihn nicht. Er sagt etwas zu Hay, der ihn aber nicht versteht. Dann wendet er sich an Calypso.

»Er will den Wagen durchsuchen«, übersetzt sie. Sie spricht absichtlich ein schlechtes Englisch.

Der Soldat klettert in das Führerhaus und findet dort Hays Reisetasche, die er mit nach draußen nimmt und im Sand öffnet. Besonders interessiert ihn der Waschzeugbeutel. Er schraubt eine Zahnpastatube auf und drückt etwas Paste heraus. Mit Kennermiene verteilt er sie im Mund. Dann fällt sein Blick auf die Seifendose. Mißtrauisch beißt er auch ein Stück Seife ab. Mit einem Wutschrei spuckt er es wieder aus. Hay lacht laut los. Der Soldat springt zwei Schritt zurück, reißt seine MP hoch und schreit einige Worte. Hays Gesicht erstarrt.

»Du sollst die Plane öffnen«, übersetzt Calypso. »Wenn du zu fliehen versuchst, wird er dich erschießen. Deine Seife schmeckt angeblich nach Sprengstoff.«

Hay geht mit dem Soldaten um den Wagen herum und zieht die Plane auf. Er muß als erster aufsteigen. Der Soldat folgt ihm, die MP noch immer im Anschlag. Der andere steht neben Calypso und unterhält sich mit ihr. Hay öffnet die oberste Kiste. Sie ist bis zum Rand mit Werkzeug gefüllt. Der Soldat zeigt auf eine andere. Auch in dieser liegt nur Werkzeug.

»Die beiden wollen Geld«, ruft ihm Calypso zu. »Andernfalls verhaften sie uns.«

Hay murmelt einen Fluch und zieht einige Scheine aus der Tasche. Der Soldat greift gierig zu.

Plötzlich entspannt sich die Atmosphäre. Die beiden werden freundlich und laden Hay und Calypso zum Tee ein.

»Geld wirkt bei uns immer noch Wunder«, sagt Calypso verächtlich, als sie endlich wieder im Wagen sitzen.

In der übernächsten Nacht erreichen sie — nach langer, mühseliger Pistenfahrt — einen kleinen Ort. Hay ahnt nichts von seiner Existenz, bis die ersten Häuser im Scheinwerferlicht auftauchen.

»Fahr langsamer«, sagt Calypso, »und blende ab. Wir sind da.«

Hay versteht sie nicht. »Dieses Nest ist doch nicht Gingerport.«

»Nein. Wir bleiben dennoch hier.«

»Und wie heißt dieser Ort?«

»Er hat keinen Namen mehr. Seit der Unabhängigkeit ist er von den Karten verschwunden. Früher hieß er Desert Springs.«

Einige bewaffnete Männer laufen ihnen entgegen. Hay stoppt. Calypso dreht das Fenster runter und winkt ihnen zu. Sie kommen heran und schütteln den beiden die Hand. Einer springt auf das Trittbrett und dirigiert den Wagen duch den Ort. Hay muß die Scheinwerfer ganz ausschalten. Mit einer Taschenlampe weist ihn der Mann in die Ruine eines alten Supermarktes ein. Endlich steht der Wagen, wo der Mann ihn haben will. Aufatmend stellt Hay den Motor ab. Sie haben es also geschafft? Er versteht noch immer nicht, weshalb die Fahrt hier zu Ende ist.

Aus dem Dunkel kommen Männer und Frauen und beginnen, die Kisten abzuladen. Andere tarnen das Fahrzeug. Calypso und Hay steigen aus und gehen zu einem kleinen Haus in der Nähe, wo man sie bereits erwartet. Im Schein der Petroleumlampe sitzen Männer in Uniform und in der traditionellen Landestracht nebeneinander.

»Was zum Teufel wird hier gespielt?«, flüstert Hay Calypso zu.

»Nur keine Angst. Das sind unsere Leute. Der Ort wird von den Qué-Qué kontrolliert.«

»Und was wird mit den Waffen, die wir nach Gingerport bringen sollten?«

»Darum kümmern sich jetzt andere. Unser Auftrag ist erledigt.«

In der Ferne hört man ein Motorengeräusch, das langsam näher kommt. Die Leute rennen nach draußen. Calypso packt Hay am Arm und zieht ihn mit sich.

»Was ist denn?« fragt er.

»Schnell. Hier rein.«

Sie zerrt ihn in einen winzigen Bunker, der schon voller Menschen ist. Das Motorengeräusch ist jetzt direkt über ihnen. Man hört einige dumpfe Detonationen und das Rattern eines Maschinengewehres. Dann ist wieder Ruhe.

»So, das wär's für heute Nacht«, sagt Calypso.

Die Menschen klettern wieder ins Freie. Hay zittert am ganzen Körper. Er hat das erste Mal in seinem Leben einen Bombenangriff mitgemacht. Calypso versucht, ihn zu beruhigen. »Wenn du länger hier wärst, würdest du dich auch daran gewöhnen. Nachts schickt die Armee hin und wieder einen ihrer Bomber. Bei Tage haben sie zu viel Angst, abgeschossen zu werden. Viel getroffen haben sie noch nie.«

In einiger Entfernung brennt es.

»Irgendwas besonderes?«, fragt Calypso jemanden.

»Nein, nur eine alte Hütte hat es erwischt.«

Calypso bringt Hay zu einem leerstehenden Haus in der Nähe des Supermarktes, wo sie übernachten können. Auf dem Boden liegen Decken und Matratzen. Über dem Herd brennt eine Öllampe. Sie setzen sich nebeneinander auf eine der Matratzen.

»Du fährst morgen allein weiter«, sagt Calypso.

»Und was wird aus dir?«

»Ich bleibe zunächst hier. Es ist besser, daß ich mich nicht in Gingerport sehen lasse. Der Kommissar soll wieder da sein.«

Hay spürt seine alte Angst zurückkehren. »Bin ich dort sicher?« fragt er. Sie nimmt sein Gesicht zwischen ihre Hände und küßt es. »Ich hoffe es, Hay. Du kannst nicht hierbleiben. Du mußt zurück nach Europa. Und der einzige Weg führt über Gingerport. Laß dich bis zu deiner Abreise so wenig wie möglich in der Stadt sehen.«

»Hast du auch manchmal Angst?« fragt er.

»Wir haben alle Angst. Entscheidend ist, wie wir damit fertig werden.«

»Du hast mir deine Geschichte nie zu Ende erzählt.«

»Ich speche nicht gern darüber. An der Vergangenheit kann man nichts mehr ändern.« Sie zögert. »Aus irgendeinem Grund mag ich dich, Hay, obwohl ich euch alle hasse. Ihr Weißen habt mein ganzes Leben bestimmt. Unser aller Leben hier unten. Die Zeit damals in der Kantine war das Schlimmste. Als ich merkte, daß ich ein Kind bekam, war ich fast froh darüber. Ich hoffte, endlich einmal in Ruhe gelassen zu werden. Als der Küchenchef meinen Zustand bemerkte, schmiß er mich raus. Schwangere Frauen wollte er nicht. Er konnte sie nicht an die Soldaten verkaufen. Mein Kind kam tot zur Welt. Vielleicht war's das beste für das Kind, damals.

Danach versuchte ich, ohne die Kirche mein Geld zu verdienen. Ich trieb mich in den Nachtclubs und Bars von Gingerport herum, bis ich eines Tages einige Leute von den Qué-Qué kennenlernte. Ich versteckte sie bei einer Razzia in meiner Wohnung. Warum, hätte ich kaum sagen können. Wahrscheinlich, weil ich die Polizei und die Militärs fast instinktiv hasse. Als die Jagd vorbei war, haben wir noch stundenlang zusammen gesessen. Sie haben mir von ihren Zielen erzählt und mich an meiner empfindlichsten Stelle getroffen: an meinem Stolz, an meinem Mensch-Sein-Wollen. Ich traf sie häufiger und begann mein Leben zu verändern. Allmählich fing ich an, für die Qué-Qué zu arbeiten. In die Bars ging ich nur noch, wenn die Organisation es wollte.«

Hay sieht sie getroffen an. »Und deshalb hast du dich an mich herangemacht? Weil *die Organisation* es wollte? Nur deshalb?«

Sie nickt. »Wir brauchten dich. Wenn ich mit dir schlief, war es leichter, dich rumzukriegen, als wenn wir dir nur ein gutes Geschäft oder einen anständigen Vorschuß versprochen hätten.«

»Ich liebe dich trotz allem«, sagt er niedergeschlagen.

»Morgen trennen wir uns, Hay. Vielleicht sehen wir uns nie wieder. Du fährst nach Europa und wirst mich vergessen. Und auf mich warten hier andere Aufgaben.«

Als er sie, fast verzweifelt, an sich zieht, spürt sie Trauer und Zuneigung zugleich in sich aufsteigen. »Du bist ein seltsamer Mensch, Hay. Nur wenige von euch scheinen überhaupt noch etwas fühlen zu können. Du bist eine der wenigen Ausnahmen, die mir begegnet sind. Vielleicht mag ich dich deshalb.«

»Ich verstehe dich noch immer nicht«, sagt er. »Ihr erscheint mir wie Übermenschen. Ihr tut alles ›für die Sache‹ und erwartet das gleiche von allen anderen. Aber was, wenn die anderen keine Übermenschen sein wollen oder können, wenn sie andere Bedürfnisse haben, ihre Ängste übermächtig sind, ihre Bequemlichkeit stärker ist — was werdet ihr dann tun? Werdet ihr dann die neuen Herrscher, die den anderen wieder einmal sagen, was ihr Glück und was ihr Unglück ist? Ich habe manchmal Angst vor euch. Ihr erinnert mich oft an Militärs: in eurer

Sprache, eurem Denken, eurem Handeln. Welche Chance werden die anderen wirklich mit euch haben?«

Calypso sieht ihn nachdenklich an. «Manchmal kommen mir auch derartige Gedanken. Doch zunächst geht es um unseren Sieg.«

»Um was für einen Sieg denn?«, fragt Hay. »Was, wenn ihr genau das tut, was ihr eigentlich nicht wollt, und ihr gerade das nicht tut, was ihr so sehr wollt? Ich habe Angst vor euren Ansprüchen. Ich bin kein Held. Und viele andere auch nicht. Was ist mit uns?«

»Ich bin müde, Hay. Ich weiß auch keine Antwort. Aber was sollen wir sonst tun? Aufgeben ist unser Ende. So haben wir vielleicht eine Chance.«

Er spürt, daß sie das Gespräch abbrechen will. Er hat Angst vor der letzten Nacht mit ihr. Angst vor dem Abschied.

»Ich möchte, daß es dauert« sagt er.

»In der Zeit, in der wir leben, gibt es keine Dauer. Einer eurer Philosophen, Sartre heißt er, glaube ich, er wohnt in Paris, hat davon gesprochen, daß es ein Leben nur im Augenblick gibt. Unsere Zukunft ist der Augenblick.«

Er kennt den Philosophen aus Paris nicht. Er trieb sich, wenn er in Paris war, vor den Strip-Tease-Buden am Montmartre herum, war mal im Moulin Rouge und in den Folies Bergères gewesen und hatte sich unter die Touristen auf dem Boulevard St. Michel oder am Eiffelturm gemischt. Solche Gedanken waren ihm dort nicht begegnet. Aber sie erscheinen ihm jetzt nicht mehr überraschend.

Er spürt Tränen in seine Augen kommen und versteckt sein Gesicht in der Decke.

»Du kannst sogar weinen, Hay. Einer von euch, der weint.«

Am nächsten Morgen werden sie von einem Mädchen geweckt, das ihnen Tee und Maisbrot bringt. Nach dem Frühstück geht Hay vor die Tür, um sich den Ort bei Tage anzusehen. Sein Blick fällt auf einige zerfallene Ruinen aus der Kolonialzeit. Die Mauern stecken tief in den Sanddünen. Vor dem Ex-Supermarkt entdeckt er Spuren des ehemaligen Boulevard. Einzelne Palmen sind stehengeblieben, und hier und dort kommt zwischen dem Sand noch ein Stück Bordstein zum Vorschein. Zentimeter um Zentimeter versinkt der Ort im Sand.

Hay geht einige Schritte in die Wüste hinaus. In der Ferne erhebt sich ein flacher, baumloser Tafelberg. Hays Füße versinken im Sand. Vor einer niedrigen Düne bleibt er stehen und sieht auf die Ruinen zurück. Calypso steht vor dem Supermarkt und winkt ihm aufgeregt zu. Er dreht um.

»Was ist denn los?« ruft er, als er wieder in ihrer Nähe ist.

»Ich hatte Angst, daß du zu weit rausgehst. Raus in die Minen.«

»Was für ein Ort ist dies, in dem man nicht einmal in Ruhe spazieren gehen kann?« fragt er.

»Viel weiß ich auch nicht« sagt Calypso. »Bis zur Unabhängigkeit wohnten hier Europäer. Desert Springs war ein beliebter Ferienort, ein Paradies in der Wüste. Wasser kam aus den Quellen, die dem Ort den Namen gaben. Außerdem, was für ein Luxus, durch eine kleine Pipeline, da die Quellen nicht ausreichten. Desert Springs hatte sogar einen Flughafen, einen Golfplatz, eine Pferderennbahn und was euch so gefällt. Es muß hier sehr schön gewesen sein. Nur nicht für uns. Wir waren nur die Nachtwächter, Stiefelputzer, Köche und Hausmädchen der weißen Herren und ihrer Frauen und Freundinnen.«

»Und dann?« fragt Hay.

»Desert Springs wurde in den Unabhängigkeitskämpfen zerstört. Die Europäer verließen den Ort. Unsere Regierung in Victoria hatte kein Interesse mehr daran. Desert Springs war ein Symbol des Kolonialismus, das alle zu vergessen versuchten. Vor zwei Jahren sind wir hier einmarschiert.«

»Versucht euch die Regierung nicht zu vertreiben?«

»Wir haben eine Art inoffiziellen Waffenstillstand. Solange wir Gingerport nicht angreifen, läßt die Armee uns hier in Ruhe, wenn man von den kleinen Angriffen wie in der letzten Nacht absieht.«

Sie gehen in den ehemaligen Supermarkt. Der Zwölftonner steht sorgfältig getarnt in der Ecke. Einige Männer sitzen auf dem Boden und reinigen ihre Waffen. Die beiden setzen sich zu ihnen. Calypso beendet ihr Gespräch mit Hay.

»Vergiß nicht, wenn du heute abend in Gingerport ankommst, gehst du zu Ibrahim in der Trafalgar Street 32. Mit ihm besprichst du alles weitere. Dein Boot fährt morgen nachmittag. Sei vorsichtig in der Stadt.«

Vor dem Supermarkt hupt es. Sie hören die Bremsen eines Fahrzeuges. Calypso steht auf und geht nach draußen.

»Dein Bus«, sagt sie.

Sie legt ihren Arm um Hay und küßt ihn. Gemeinsam holen sie sein Gepäck. Mitglieder der Rebellenarmee durchsuchen den Bus. Die Passagiere sitzen im Sand. Einer der Uniformierten steht vor ihnen und hält eine kurze Rede.

»Osea gibt ihnen politischen Unterricht«, sagt Calypso. »Wir tun das jedesmal, wenn ein Bus hier hält.«

DER AUFSTAND

Nach einer Stunde Fahrt über eine schlechte Piste wird der Bus von Regierungssoldaten gestoppt. Die Fahrgäste müssen aussteigen und sich durchsuchen lassen. Zwei Soldaten klettern auf das Dach des Fahrzeugs und wühlen im dort untergebrachten Gepäck herum. Andere klettern in den Bus und suchen unter Sitzen und im Gepäcknetz.

Der befehlshabende Sergeant zieht Hay beiseite und setzt sich mit ihm in einen Jeep. Er holt eine Flasche Schnaps unter dem Sitz hervor, nimmt einen tiefen Schluck und bietet sie Hay an.

»Honigschnaps aus Victoria« sagt er. »Ohne das Zeug hielten wir Menschen aus dem Norden es hier nicht aus.«

Hay wird von einem Hustenanfall geschüttelt, als er probiert.

»Gute Sorte, was?« meint der Sergeant stolz.

Er spricht von amerikanischen Autos und europäischen Frauen. Er weiß mehr über das Nachtleben in London als Hay, der dort aufgewachsen ist. Dann will er wissen, wie Hay die Mädchen in Äquatoria gefallen und ob man sie mit denen in Europa vergleichen könne. Sie scheinen dem Sergeanten das einzig Bemerkenswerte am Süden zu sein. Sein Gesicht glüht vor Erregung. Hay antwortet mit Sätzen, wie man sie in Reiseprospekten findet, da er eine Diskussion mit dem Sergeanten vermeiden will.

Endlich ist die Durchsuchung beendet. Die Passagiere dürfen wieder einsteigen, die Fahrt geht weiter. Nach einiger Zeit führt die Straße aus dem trockenen Hochland in die feuchtheiße Ebene von Gingerport. Im Tal hat die Zuckerrohrernte begonnen. Hunderte von Männern und Frauen sind auf den Feldern. Pferde und Maultiere ziehen mit Zuckerrohr beladene Ackerwagen zur nächsten Fabrik. In der heißen Luft hängt ein Duft von Sirup und Kräutern. Niemand außer den Kindern kümmert sich um den Bus. Sie stehen entlang der Straße und winken den Fahrgästen freundlich zu.

Bei jedem Halt steigen mehr Menschen zu. Der Bus nähert sich Gingerport. Zweimal werden sie noch kontrolliert, bevor sie durch fast menschenleere Straßen zum Hafen fahren. Die zahllosen Händler, die Hay bei einer ersten Ankunft auf dem Independence Square gesehen hatte, sind verschwunden. Vor dem Fort Jesus, das die Kolonialherren vor vielen Jahren erbaut hatten, liegen einige Männer im Schatten und schlafen. Auf der Brücke patrouillieren Soldaten. Sonst ist kaum jemand zu sehen.

Unbelästigt steigt Hay aus und geht in die Altstadt. Ihm fallen auch hier die Soldaten auf, die durch fast menschenleere Gassen patrouillieren. Er geht wie bei seinem ersten Besuch in Gingerport ins »*SPLENDID*«. Die Alte gibt ihm ein Zimmer im zweiten Stock. Auf der Veranda sind nur wenige Menschen zu sehen.

»Schlechte Zeiten«, sagt die Alte. »Wenn der Krieg kommt, macht er uns das Geschäft kaputt. Die Männer denken nur noch ans Schießen.«

Hay zweifelt daran, läßt jedoch die Alte reden. Bordelle sind seiner Ansicht nach immer gefragt, ob im Krieg oder im Frieden.

Sein Zimmer ist besser als beim ersten Mal. Er stellt sein Gepäck in eine Ecke und legt sich aufs Bett. Er ist nervös. Am liebsten würde er sich ins nächste Flugzeug setzen und nach Europa fliegen. Aber der Flugplatz von Gingerport ist für den Zivilverkehr gesperrt, seit eine mächtige Bombenexplosion vor Monaten das Empfangsgebäude zerstört hat. Ihm bleibt nur das Schiff.

Es klopft. Er ruft und wartet darauf, wer zu ihm will. Es ist das Mädchen von 51.

»Entschuldige bitte, daß ich dich störe. Ich habe gehört, daß du zurück bist.«

Da es keinen Stuhl im Zimmer gibt, bittet er sie, sich zu ihm aufs Bett zu setzen. Sie ist unruhig.

»Was ist?« fragt er. Sie rutscht nervös hin und her. »Nichts Besonderes« sagt sie. »Die Alte will einige von uns rausschmeißen, wenn das Geschäft nicht besser wird. Aber wie kann es besser werden, wenn alle vom Krieg reden.«

Er versucht, sie zu beruhigen. »Wenn die Qué-Qué siegen, geht es im Süden wieder aufwärts.« Er bemüht sich, ihr einiges von dem zu erklären, was er von Calypso gehört hat. Das Mädchen wird noch unruhiger.

»Nur nicht die. Wenn die an die Macht kommen, schaffen sie die Bordelle ab und stecken uns in Arbeitshäuser. Dann noch lieber die Armee.«

Sie raucht ihre Zigarette zu Ende und steht auf.

»Entschuldige bitte, daß ich dich gestört habe.«

Die Begegnung macht Hay nervös. Weshalb hat diese Frau in wenigen Tagen ihr Selbstvertrauen verloren?

Hay hält es im Hotel nicht mehr aus und geht durch die Altstadt zum Hafen hinunter. In der Nähe der Brücke setzt er sich ans Ufer und beobachtet die kleinen Boote, die den Strom überqueren.

»Ein schönes Land nicht wahr?« sagt jemand hinter ihm. Hay dreht sich um und sieht einen sommersprossigen Europäer mit Strohhut.

»Entschuldigen Sie die Störung« murmelt der Mann.

»Macht nichts« sagt Hay. »Sind Sie Engländer?«

»Fast erraten. Holländer. Schon sechs Jahre im Land, vorher in Südafrika. Ich habe Sie neulich in der Altstadt gesehen. Sie sind wohl auf Weltreise?« Er macht eine Pause. »Wenn die Nigger nicht wären, dieses Land wäre ein Paradies. So geht es drunter und drüber. Nigger sind einfach anders. Wissenschaftlich erwiesen. Gehirn, Haut, Knochen, Blut. Alles. Das einzige, was wir inzwischen gemeinsam haben, ist der christliche Glaube.« Der Mann kommt immer mehr in Fahrt. »Ohne die Religion wären sie noch schlimmer. Nur die Angst vor Gott hält sie etwas zurück.«

»Ich habe keine Zeit« sagt Hay grob. Er steht auf und geht.

Die meisten Geschäfte in der Altstadt sind noch immer geschlossen. An einer heruntergelassenen Jalousie hängt ein Zettel: »*GENERALSTREIK. GESCHLOSSEN.*« Soldaten durchsuchen die wenigen Passanten, die auf der Straße sind. Hay lassen sie ohne Kontrolle durch.

Er verläßt die Altstadt durch das Djebel-Gate und kommt an einer Zuckerfabrik vorbei. Auch diese ist geschlossen. Vor dem Tor stehen Streikposten. Gegenüber ist Militär postiert. Hay dreht um und geht in die Altstadt zurück. Als es dunkel wird, macht er sich auf die Suche nach der Trafalgar Street. Die Soldaten beherrschen jetzt etwas weniger das Stadtbild. Die Altstadt hat fast ihr übliches Aussehen zurückgewonnen. Das Äußere des Hauses in der Trafalgar Street erinnert Hay an das »Splendid Hotel«. Auch die dunkle Toreinfahrt und der Innenhof sind ähnlich gebaut.

Er geht von Tür zu Tür und sucht nach jenem Ibrahim, mit dem er im Auftrag der Qué-Qué Verbindung aufnehmen soll. Schließlich fragt er eine der ihn neugierig beobachtenden Frauen, die ihm den Weg zeigt. Ibrahim öffnet auf sein Klopfen und läßt ihn eintreten. Er trägt die traditionelle Tracht des Nordens, den bis auf den Boden reichenden weißen Umhang. Hay bemerkt es kaum. Seine Gedanken kreisen um das, was er in den Straßen beobachtet hat.

»In Gingerport hat sich in der letzten Zeit viel verändert«, sagt Hay. »Überall Soldaten. Kaum etwas von der Atmosphäre, die sonst hier herrscht.«

Ibrahim macht eine flüchtige Handbewegung. »Nur keine übertriebene Angst, Hay. Die Armee blufft. Sie versucht uns einzuschüchtern um zu verhindern, daß es überhaupt los geht. In Wirklichkeit taugt der Haufen nichts. Die meisten Soldaten kommen aus dem Norden. Sie verstehen nicht, weshalb sie hier sind. Wenn sie leichte Beute machen können, sind die meisten dabei, beim ersten Widerstand laufen sie jedoch davon.

Ibrahim hat wenig Zeit. Er versucht, die Diskussion so schnell wie möglich zu beenden. Während er einen Tee zubereitet, läßt er Hay die Adressen in Europa auswendig lernen, da es zu gefährlich ist, sie schriftlich bei sich zu tragen. Er gibt ihm noch einige wichtige Hinweise und beendet dann das Treffen.

Hay kehrt ins Hotel zurück. Im »*SPLENDID*« hat er plötzlich Lust, das Mädchen von 51 zu besuchen. Sie sitzt, mit einem ärmellosen weißen Pullover und einem kurzen Rock bekleidet, auf dem Bett. Als sie Hay sieht, kommt sie ihm aufgeregt entgegen.

»Ich muß dir etwas Wichtiges sagen. Vorhin war jemand bei mir, um mich über dich auszufragen.«

»War er von der Polizei?«

»Ich weiß nicht. Er wollte es nicht sagen.«

Sie geht zur Tür und verriegelt.

»Bevor er wieder ging, verbot er mir, dir etwas davon zu sagen. Aber ich mag dich.«

»Vielleicht ist es in Wirklichkeit nicht so schlimm«, sagt sie schließlich. Sie lächelt ihn ermutigend an, stellt das Radio etwas lauter und beginnt, sich vor ihm auszuziehen.

Am nächsten Vormittag geht Hay noch einmal in die Altstadt. Die Geschäfte sind geschlossen, die Polizei- und Armeestreifen weiter verstärkt worden. Er fühlt sich beobachtet und kehrt ins Hotel zurück.

Gegen zwei Uhr nimmt er sein Gepäck und macht sich auf den Weg zum Hafen. Draußen ist es heiß und schwül. Die Straßen liegen wie ausgestorben in der Hitze. Nur die Militärstreifen sind unterwegs. Niemand kontrolliert ihn. Da er weder ein Taxi noch einen Gepäckträger finden kann, schleppt er sein Gepäck selbst zum Boot. Der Independence Square ist zu seiner Überraschung fast so belebt wie bei seiner Ankunft. Vor dem Fort Jesus stehen zwei Panzer, in der Nähe der Brücke einige Jeeps. Sonst hat sich kaum etwas geändert.

Hay stellt sein Gepäck ab und wischt sich den Schweiß von der Stirn. Ihm fallen die Adressen in Europa ein, die er nicht vergessen darf. Er nimmt sein Gepäck wieder auf und geht langsam weiter. Das Boot fährt erst in einer Stunde. Gepäckträger kommen jetzt auf ihn zu und wollen seine Koffer tragen. Er lehnt ab. Die letzten Meter wird er es auch noch allein schaffen. Ohne noch einmal anzuhalten, geht er an Marktfrauen, Schuhputzern, bettelnden Kindern, Limonadenverkäufern und Souvenirhändlern vorbei zum Anleger, wo bereits Hunderte von Menschen darauf warten, abgefertigt zu werden. Sein Blick fällt auf das Schiff. Es ist wieder die »Salem.«

Hay stellt sich ans Ende der Schlange. Es geht nur langsam vorwärts. Plötzlich stehen zwei Männer neben ihm. Sie haben helle Haut und tragen europäische Kleidung. Beide stammen offensichtlich aus dem Norden. Einer von ihnen spricht Hay in einem fehlerlosen Englisch an: »Mr. Hay, dürfen wir Sie bitten, uns zu folgen.« Die beiden packen ihn unauffällig am Arm. Einer holt eine Handschelle aus der Tasche und fesselt Hays rechte Hand an seiner linken. Der andere drückt ihm diskret eine Pistole in den Rücken und durchsucht ihn nach Waffen. Widerstandslos läßt sich Hay abführen. Bilder der Angst kommen in ihm hoch: die Verhaftung an Bord der »Salem«, die Verhandlung unter Vorsitz des Kommissars, die Hinrichtungen, Calypso im Käfig... Seine erneute Verhaftung erstaunt ihn nicht. Es ist etwas, mit dem er seit seiner Rückkehr nach Gingerport rechnen mußte. Er sieht auf die Menge um sich herum. Niemand scheint seine Verhaftung zu beachten. Das Leben auf dem Platz geht seinen gewohnten Gang.

Die Polizisten führen ihn zu einem in der Nähe wartenden Jeep. Er muß mit einem der beiden Polizisten auf dem Rücksitz Platz nehmen. Der andere setzt sich neben den Fahrer. Sie rollen über den Äquatoria-Boulevard zum Sitz der Provinzregierung im ehemaligen Europäerviertel, wo Hay versucht hatte, seine Aufenthaltserlaubnis bestätigen zu lassen. Die Wachen vor dem Regierungsgebäude salutieren und lassen den Jeep ohne Kontrollen passieren.

Hay wird über einen asphaltierten Innenhof in ein dreistöckiges Rückgebäude geführt. Er muß zwei Treppen hinaufsteigen und in ein kahles, weißgekalktes Zimmer treten, wo ihm seine Bewacher die Fesseln lösen und allein lassen. Die Fenster sind vergittert, die Türen ohne Klinke und offensichtlich nur mit einem Spezialschlüssel von innen zu öffnen. Unter der Decke hängt eine gesprungene Porzellanlampe. Hay wartet. Er tritt ans Fenster und blickt auf den Hof und das Gebäude gegenüber. Seine Gedanken springen unaufhörlich von der Vergangenheit zur Zukunft und wieder zurück. Hätte er das nicht vermeiden können, wenn er es nur gewollt hätte? Was trieb ihn dazu, sich in diese Situation zu begeben? Wohin führt jetzt der Weg?

Eine der Türen wird plötzlich aufgerissen, und ein Uniformierter winkt ihm hereinzukommen. Im Nebenzimmer sitzt jemand tief über einen Stoß Papiere gebeugt. Hay kann das Gesicht des Mannes nicht erkennen. Dennoch komt ihm die Gestalt bekannt vor.

»Ist er da?« fragt der Mann, ohne aufzublicken.

»Jawohl, Sir«, antwortet der Uniformierte.

Der Mann hebt den Kopf. Es ist der Kommissar.

»Erfreut, Sie wiederzusehen«, sagt er und genießt Hays Erstaunen. Er steht auf und schüttelt seinem Gefangenen die Hände. Sein Gesicht verzieht sich zu einem Lächeln. Mit einer höflichen Geste bietet er Hay einen Stuhl vor dem Schreibtisch an.

»Etwas zu trinken?« Ohne Hays Antwort abzuwarten, geht er zu einem kleinen Schrank zwischen den vergitterten Fenstern und holt eine Flasche Whisky und zwei Gläser.

»Wie Sie sehen, bin ich noch immer ein Opfer meines alten Lasters.«

Er läßt die Gläser vollaufen.

»Trinken wir auf unser Leben. Auf ein langes Leben. Oder auf das, was uns noch davon bleibt.« Er prostet seinem Gefangenen zu. »Wie hat es Ihnen im Süden gefallen? Wie ich hörte, wollten Sie schon wieder abreisen. Dabei hatten Sie doch vor, sich hier niederzulassen.«

Hay vermeidet eine Antwort. Vergeblich versucht er zu erraten, worauf der Kommissar hinaus will.

»Ja, es fällt keinem leicht, das Elend in Äquatoria zu ertragen. So viel Elend«, bemerkt der Kommissar. »Und es wird immer schlimmer.Trotz unserer Hilfe.«

»Hilfe«, lacht Hay bitter.

Im gleichen Augenblick wünscht er, daß er nichts gesagt hätte. Der Kommissar sieht ihn aufmerksam an.

»Haben Sie etwas an unserer Hilfe auszusetzen, Hay?«

Hay murmelt einige ausweichende Worte.

»Sie denken noch immer zu viel, Hay. Neuerdings sogar politisch, wie wir zu unserer Überraschung feststellen mußten. Sie scheinen ja gute Lehrer gefunden zu haben.« Der Kommissar steckt sich eine Zigarette an und gibt seinem Gegenüber eine.

Zufrieden läßt er sich in seinen Ledersessel zurücksinken.

»Wo ist Calypso?« fragt er plötzlich mit schneidender Stimme. Im gleichen Augenblick flammt ein Scheinwerfer über Hays Kopf auf. Hay reißt, geblendet von dem grellen Licht, einen Arm über die Augen.

»Arm runter«, brüllt der Kommissar. »Wo ist Calypso?« Langsam läßt Hay den Arm fallen. Es gelingt ihm nicht, seine Augen zu öffnen: »Bitte Kommissar, machen Sie den Scheinwerfer aus.«

»Wo ist Calypso? Die Antwort! Dann hast du deine Ruhe.«

»Ich weiß es nicht.«

»Verdammter Lügner. Du bist die ganze Zeit mit ihr unterwegs gewesen. Wir waren hinter euch her. Bis hinauf nach Libreville. Wir wollen wissen, wo sie jetzt steckt. Wenn du auspackst, bist du frei.«

»Ich weiß es nicht« sagt Hay. »Sie irren sich. Ich habe sie, seit ich damals das Boot in Gingerport verließ, nicht mehr gesehen.«

»Wenn du weiter schweigst, machen wir dir den Prozeß als CIA-Agenten. Was das bedeutet, weißt du. Die Revolution kennt kein Mitleid mit den Lakaien des Imperialismus.«

Die Scheinwerferhitze wird unerträglich. Hay hat Kopfschmerzen, seine Augen tränen. Die Schweine wollen ihn kaputt machen. Ob als Roter oder als CIA-Mann, es ist ihnen egal. Einen Vorwand finden sie immer. Nichts verraten, denkt er. Durchhalten und nichts verraten. Nicht jener Feigling sein, für den ihn alle halten — selbst Calypso.

»Was hast du in den letzten Wochen mit Calypso gemacht? Weshalb wolltest du plötzlich abreisen?«

»Bitte, Kommissar, schalten Sie das Licht aus.«

»Gut. Versuchen wir es mal. Vielleicht bist du inzwischen zur Vernunft gekommen. Schließlich sollten wir gegen das schwarze Ungeziefer zusammenhalten.«

Er schaltet den Scheinwerfer aus. Als Hay seine Augen öffnet, sieht er neben dem Kommissar seinen ehemaligen Diener Ali stehen.

»Noch eine kleine Überraschung«, sagt der Kommissar ruhig. »Eine Leiche, die ins Leben zurückkehrt.« Er genießt seinen Triumph.

»Ihr Schweine« schreit Hay. »Mich wegen dieser ›Leiche‹ zum Tode zu verurteilen. Ihr Schweine.«

Der Kommissar lacht. »War nicht ungeschickt von uns, damals. Leider mußten wir aus politischen Gründen aufhören, russische Spione zu hängen. Dafür erwischen wir dich jetzt als CIA-Mann. Wo ist Calypso? Pack endlich aus, oder wir brechen dir jeden Knochen einzeln.«

Hay zuckt zusammen. »Ich weiß es nicht.«

Der Kommissar macht eine Handbewegung. »Lassen wir das einen Augenblick. Hier haben Sie eine Zigarette. Eine kleine Stärkung kann nicht schaden. Denken Sie eine Minute nach. Seien Sie vernünftig. Reden Sie freiwillig. Andernfalls haben wir Mittel, Sie zum Sprechen zu bringen. Sie kennen uns doch.«

Er wendet sich an Ali. »Ein verdammter Fehler, daß wir die beiden damals nicht sofort umgelegt haben. Hätte uns viel Zeit und Ärger erspart.«

»Wo ist Calypso?« wiederholt er seine Frage.

»Ich habe Ihnen schon gesagt, daß ich sie seit Wochen nicht mehr gesehen habe.«

»Und was ist das?«

Der Kommissar zeigt ihm ein Foto. Hay tanzt darauf mit Calypso im »Las Vegas«.

»Wissen Sie, wo das aufgenommen wurde?«

Hay schweigt.

»Nimm ihn dir vor, Ali«, sagt der Kommissar.

Er stellt den Scheinwerfer wieder an. Hay senkt den Kopf, um nicht zu stark geblendet zu werden. Er sieht nicht, wie Ali aufsteht, um den Tisch geht und hinter der Lampe stehenbleibt. Seine Faust trifft Hay mit voller Wucht ins Gesicht. Hay stürzt vom Stuhl. Aus Mund und Nase läuft ihm das Blut.

»Setz ihn wieder hin«, befiehlt der Kommissar. Ali packt den halb ohnmächtigen Hay unter die Arme und hebt ihn auf den Stuhl

»Wo ist Calypso?« wiederholt der Kommissar seine Frage.

Benommen schüttelt Hay den Kopf. Der Kommissar gibt Ali ein Zeichen. Der kleine, untersetzte Mann schlägt noch einmal zu. Mit einem dumpfen Stöhnen bricht Hay zusammen.

»Fang endlich an zu reden, du Idiot«, sagt der Kommissar. »Wenn du nicht bald singst, machen wir dich so fertig, daß dich deine eigene Mutter nicht mehr erkennt. Versuch doch nicht, den Helden zu spielen.«

Hay schüttelt den Kopf. Er liegt vor dem Schreibtisch auf dem Fußboden. Sein blutiges Gesicht ist vor Angst und Schmerz verzerrt.

»Bitte, laßt mich in Ruhe. Ich weiß nichts. « Er zittert am ganzen Körper.

Ali tritt mit seinen Stiefeln auf ihn ein, bis er sich nicht mehr bewegt.

»Schlag ihn mir nicht tot«, sagt der Kommissar. »Wir brauchen ihn noch. Schaff ihn in seine Zelle. Wir müssen ihn mit Methode kleinmachen.«

Ali geht zur Tür und ruft zwei Wärter herein. Die beiden tragen den ohnmächtigen Hay davon. Der Kommissar schaltet den Scheinwerfer aus. Er ist unzufrieden.

»Der Typ ist hart geworden«, sagte er zu Ali. Wir müssen vorsichtig sein. Die Regierung hat noch einmal darauf hingewiesen, daß Ausländer schonend zu behandeln sind, um internationale Komplikationen zu vermeiden. Hoffentlich platzt der nächste Prozeß nicht.«

Hay liegt auf dem Bauch und starrt auf seine Pritsche. Die Maserung des Holzes fasziniert ihn, seit er in dieser fensterlosen Zelle im Gefängnis der politischen Polizei untergebracht ist. In den geschwungenen Linien glaubt er, menschliche Gesichter, Ausschnitte aus bizarren Landschaften, Fabelwesen und tausend andere Merkwürdigkeiten zu erkennen. Sie verändern ihre Formen, wie sich seine Gedanken verändern. Es ist eine Welt, die ihm keiner nehmen kann, ein Rest von Freiheit inmitten der Unfreiheit.

Er hat jeden Zeitsinn verloren. Seine Uhr hatte man ihm abgenommen, als man ihn in diese Zelle steckte. Da es kein Fenster gibt, weiß er nicht, wann Tag und wann Nacht ist. Nur wenn er zum Verhör nach oben gebracht wird, sieht er manchmal Tageslicht. Er hat durchgehalten und Calypso nicht verraten. Dabei hätte er kaum sagen können, weshalb er so lange schwieg. Seine Aussage konnte sie nicht gefährden. In Desert Springs war sie sicher. Und wenn sie dort inzwischen nicht mehr war, so wußte er nicht, wo sie sich jetzt aufhielt. Das Durchhalten war immer mehr zum Selbstzweck geworden, ein verzweifelter Kampf gegen die Selbstaufgabe, die der Kommissar von ihm forderte.

Von Tag zu Tag erscheinen ihm unterdessen die Aufständischen unwirklicher. Selbst an Calypso denkt er manchmal wie an eine Fremde. Er kann sich in seiner Situation kaum vorstellen, wie die Macht, die den Zugang zu diesen undurchdringlichen Mauern kontrolliert, jemals zu besiegen sein könnte. Und wenn: werden sich nicht die Sieger nur allzu schnell wieder in die Rolle derer begeben, die sie soeben bezwungen haben? Werden sie nicht versuchen, durch Zwang zusammenzuhalten, was in Wirklichkeit nicht zusammengehalten werden kann? Er will kein sorgfältig eingepaßtes Rädchen in einer riesigen gesellschaftlichen Maschinerie werden, wie das die Qué-Qué fordern. Er stellt sich eine andere Gesellschaft vor, eine Gesellschaft, in der niemand mehr einen anderen unterdrückt, niemand mehr über einen anderen bestimmt, niemand mehr einen anderen anpaßt und einordnet.

Was er nicht für sich selbst will, wie kann er das für andere wollen? Die Menschen sollen frei und gleich miteinander umgehen, so denkt er. Doch all das erscheint ihm im grellen Neonlicht seiner Zelle als so utopisch, daß ihm die Tränen kommen. Seine einzige Hoffnung sind die Qué-Qué. Vielleicht schaffen sie es ja doch, die Mauern noch rechtzeitig zu durchbrechen und die Tore zu öffnen. Er bewundert ihren Mut. Und wenn dabei der Kommissar, Ali und ihresgleichen draufgehen sollten, er würde seine Freude nicht verheimlichen können...

Die Tür wird aufgeschlossen, und einer der Wärter kommt herein, um Hay zu holen. Als er an der Seite des Mannes die Treppe heraufsteigt, sieht er etwas Tageslicht durch die vergitterten Fenster hereindringen. Er träumt von den schattigen

Gassen der Altstadt, dem sonnendurchglühten Independence Square und den Schilfinseln, die langsam den Strom herabtreiben.

Dann steht er im Zimmer des Kommissars. »Setz dich, Hay« sagt dieser. »Wir haben eine kleine Überraschung für dich.«

Er drückt die Klingel auf seinem Schreibtisch. Ali schleppt mit einem Wärter eine Frau herein. Ihr Kopf ist nach vorn gefallen. Hay kann ihr Gesicht nicht erkennen. Der Kommissar steht auf und reißt sie an den Haaren. Es ist die Frau von 51. Ihr Gesicht ist von Schlägen entstellt, ihre Lippen sind aufgequollen und blutverschmiert. Sie hat nicht mehr die Kraft, stehen zu bleiben.

»Kennst du sie?« fragt der Kommissar.

Hay bringt kein Wort heraus.

»Wir wissen Bescheid. Sie hat alles verraten. Nicht wahr, du Nutte?«

Sie nickt wie ein Roboter.

»Nur wo Calypso steckt, will sie uns nicht sagen. Aber wir kriegen sie noch so weit.«

Der Kommissar gibt Ali ein Zeichen. Ali reißt ihr das dunkelblaue Kleid vom Leib. Auch ihr Körper ist von Schlägen entstellt; die Haut ist aufgesprungen und von verkrustetem Blut bedeckt.

»Bitte nicht schlagen« flüstert das Mädchen.

Hay schließt die Augen.

Ali beginnt auf die Frau loszuschlagen.

»Hört auf!« schreit Hay. »Sie weiß nichts.«

Der Kommisar geht auf Hay los. »Interessant, Hay, was weiß sie denn nicht?«

Hay erkennt, daß er in eine Falle gegangen ist. Aber es ist ihm plötzlich gleichgültig. »Sie weiß nichts von Calypso.«

»Aber du, Hay!« schreit der Kommissar. Ali schlägt auf Hay ein. Stöhnend bricht dieser zu Boden. Gegenüber sieht er das Mädchen, vor Schmerzen heulend, liegen. Er hält es nicht mehr aus.

»Calypso ist in Desert Springs.«

Der Kommissar sieht ihn erstaunt an und lacht. »Das ist so gut, als wenn du uns erzählst, daß sie auf dem Mond ist. Wir wissen, daß sie sich in Gingerport herumtreibt. Wenn du uns sagst, wo sie hier steckt, bist du frei. Sonst gehst du den Weg aller CIA-Agenten.«

Hay weiß, daß sie ihm nicht glauben. Selbst wenn er gewollt hätte, hätte er nicht mehr sagen können. Seine Aussage ist ohne Bedeutung. Sie hilft weder dem Mädchen noch ihm selbst. Und Calypso ist dadurch so wenig gefährdet, daß er plötzlich kaum noch versteht, weshalb er so lange geschwiegen hat. Er blickt zu dem Mädchen hinüber, das noch immer neben dem Schreibtisch liegt. Sein einziges Verbrechen ist es, mit ihm geschlafen zu haben.

Danach werden die Verhöre seltener. Allmählich scheint der Kommissar das Interesse an Hay zu verlieren. Vergeblich versucht Hay in dieser Zeit, mit anderen Gefangenen Kontakt aufzunehmen. Die Einsamkeit beginnt ihn zu zermürben. Er trommelt mit den Fäusten gegen die Wände seiner Zelle. Niemand antwortet. Spaziergänge im Hof, wo er andere treffen könnte, werden ihm als Ausländer nicht gestattet. In der ersten Zeit begegnete er wenigstens auf dem Weg zum Verhör hin und wieder einem Mitgefangenen. Jetzt wird selbst das seltener. Er wartet inmitten der Einsamkeit. Die Entscheidung über sein Leben liegt in anderen Händen. Aus Dreck und Essensresten malt er eine nackte Frau an die Wand seiner Zelle: Calypso.

Seit einer halben Stunde führt seine Exzellenz, der Gouverneur der Provinz Äquatoria, ein Gespräch unter vier Augen mit dem Direktor der Hercules Fruit Co., der seit der Ausweisung des amerikanischen Generalkonsuls die Interessen der US-Regierung inoffiziell wahrnimmt. Dichte Vorhänge lassen nur ein mattes Licht in das Arbeitszimmer des Gouverneurs dringen. Die beiden Herren sitzen sich, leicht vorgebeugt, gegenüber. Auf dem Tisch steht eine Flasche Bourbon, und daneben liegt eine Schachtel Zigaretten. Unter der Zimmerdecke surrt ein riesiger Ventilator.

»So kann es nicht weitergehen, Exzellenz«, sagt Mr. Wellgone. »Das Land steht vor dem Chaos. Unsere Geschäfte sind aufs Höchste gefährdet. Nichts läuft mehr. Ich habe bereits mit unseren Leuten in Victoria Verbindung aufgenommen. Was Sie hier unten benötigen, sind moderne Waffen und zuverlässige Truppen. Wie Sie wissen, ist die Regierung der Vereinigten Staaten bereit, Ihnen jede erforderliche Unterstützung zu gewähren.«

Der Gouverneur legt seine Hand auf die Knie des Amerikaners. »Sie kennen unsere schwierige Lage. Die Rote Fahne und die Internationale sind ja inzwischen die Symbole unseres jungen Staates. Und plötzlich Ihre Fallschirmjäger zur Rettung der Revolution vor der Anarchie? Wir müssen diskreter vorgehen, Mr. Wellgone, soll es uns nicht beiden an den Kragen gehen. Wir haben das Ende imperialistischer Herrschaft über unser Land versprochen und die Verstaatlichung des gesamten ausländischen Besitzes. Wir können nicht einfach zurück, wo uns die Revolution selbst zu verschlingen droht. Das müssen Sie doch verstehen, Wellgone.«

Der Gouverneur erhebt sich und geht nervös auf und ab. Die Regierung in Victoria will auf jeden Fall einen direkten amerikanischen Truppeneinsatz vermeiden. Der Gouverneur redet weiter auf den Amerikaner ein. »Ich habe volles Verständnis für Ihr Interesse an der Aufrechterhaltung von Ruhe und Ordnung, Mr. Wellgone. Hier treffen sich unser beider Interessen. Äquatoria ist in Aufruhr, an ein geordnetes Geschäftsleben nicht zu denken. Die Landarbeiter laufen ihren Herren davon, und in den Fabriken wird gestreikt. Die Anarchie greift um sich. Alle Appelle an die Vernunft blieben bislang erfolglos.«

»Höchste Zeit zu handeln« stimmt der Amerikaner zu.

Der Gouverneur schüttelt den Kopf. »Dennoch können wir auf Ihr Angebot nicht eingehen. Das wäre unser Ende.«

Mr. Wellgone sieht, daß auf diesem Wege nichts zu erreichen ist und versucht einzulenken. »Vielleicht genügen auch Freiwillige. Wie Sie wissen, unterhält unser Unternehmen eine kleine, aber schlagkräftige Privatarmee, die jederzeit einsatzbereit ist. In zwei Tagen kann sie hier sein. Ein Telegramm genügt, und sie setzt sich in Marsch. Tolle Burschen. Deutsche, Amerikaner, Engländer, Spanier, Italiener. Sogar einige zuverlässige Schwarze sind darunter. Waffen und sonstiges Material stellt die Regierung in Washington. Selbstverständlich völlig diskret.

Mit falschen Rotkreuzmaschinen werden die Leute und die Ausrüstung nach Gingerport geflogen. Überlegen Sie sich unser Angebot. Besprechen Sie alles mit Ihrer Regierung.«

Der Gouverneur gibt erneut eine ausweichende Antwort. Mr. Wellgone schlägt eine härtere Tonart ein: »Vergessen Sie nicht, Exzellenz, wenn Ihre Regierung wider Erwarten nicht bereit sein sollte, Ruhe und Ordnung im Land zu garantieren, werden wir uns leider gezwungen sehen, Verbindung zu jenen Kräften aufzunehmen, die der Anarchie ernsthaft Einhalt gebieten wollen.«

»Das ist reine Erpressung, Mr. Wellgone. Wenn Sie General Simba zurückholen wollen, wird sich unser Volk wie ein Mann gegen ihn erheben. Dann wird sich zeigen, wer das Volk hinter sich hat.«

Mr. Wellgone drückt die Zigarre unter seinem Schuh aus. »Das kommunistische Vokabular kommt Ihnen ja schon recht gut von der Zunge, Gouverneur. Seien Sie vorsichtig. Die Freiheit kennt tausend Wege, die Tyrannei zu vernichten. Denken Sie noch einmal über unser Angebot nach und versuchen Sie, Ihre Regierung dafür zu gewinnen. Und unterlassen Sie die Dummheit mit den Verstaatlichungen. Sie würden den Graben zwischen unseren Völkern nur noch vertiefen. Nicht mehr einen einzigen Cent könnten wir dann noch hier investieren.« Mit einem leichten Nicken erhebt er sich. »Ich muß jetzt leider gehen, Exzellenz. Ein Empfang im Wajir Excelsior.«

Er reicht dem Gouverneur die Hand und verabschiedet sich. Schwitzend läßt sich dieser in seinen Sessel fallen und von einem Diener ein Glas Wasser bringen. Er kommt gegen den Amerikaner nicht an. Wellgone respektiert nicht einmal die einfachsten Umgangsformen. Gouverneur Joel Okwame ist als einer der ersten Schwarzen des Landes an einer der exklusivsten Privatschulen Englands erzogen worden. Er hat perfekte Umgangsformen und erwartet sie auch bei seinen Gesprächspartnern. Von den Amerikanern aber hatte man bereits auf der Schule nur als kulturlosen Barbaren gesprochen. Seine späteren Erfahrungen hatten ihn in diesem Urteil immer wieder bestätigt. Deshalb will er sein Land auch nicht den Amerikanern ausliefern, wenn es zu vermeiden ist.

Er läßt sich sein Essen bringen. »Irgendein Termin heute nachmittag?«, fragt er seinen Diener.

»Um sechzehn Uhr erscheint der sowjetische Generalkonsul zur Audienz«.

»Auch das noch«, stöhnt der Gouverneur. »Ich hatte es fast vergessen. Nicht einmal Zeit zum Golfspielen bleibt einem.«

Der Gouverneur sitzt in seinem Sessel und erwartet den sowjetischen Generalkonsul. Er hat gut gegessen und sich dabei wieder etwas beruhigt. Er freut sich fast darauf, den Russen zu treffen. Der Mann ist höflich und hat vollendete Umgangsformen. Wäre die Sprache nicht, könnte man ihn für einen Engländer halten, denkt der Gouverneur anerkennend. Der Chef der Leibwache meldet den Generalkonsul. Der Gouverneur erhebt sich und geht ihm entgegen. Sie schütteln sich die Hände wie alte Freunde. Okwame bietet seinem Gast einen Platz an dem niedrigen runden Tisch in der Mitte des Zimmers an, auf dem bereits Wodka und Tee stehen, und schenkt ihm persönlich ein.

In der Ferne hämmern Maschinengewehre. Hin und wieder wird das Geräusch von schweren Detonationen übertönt. Beide tun so, als hörten sie es nicht.

»Wieder einmal beim Golf gewesen, Exzellenz?« fragt Ibramow.

»Vorgestern. Ich mußte das Spiel zu meinem Bedauern am zehnten Loch aufgeben. Schmerzen in der rechten Hand. Die Aufregung der letzten Zeit.«

Ibramow nickt verständnisvoll und dankt dem Gouverneur für die zweite Tasse Tee. Es dauert längere Zeit, bis Ibramow zum offiziellen Teil seines Besuches kommt. »Wenn Sie nicht bald durchgreifen, Exzellenz, geht es in Äquatoria drunter und drüber. Von Tag zu Tag verschlechtert sich die Lage. Wir haben Ihrer Regierung schon seit längerem unsere volle Unterstützung angeboten.«

»Sie wissen, wie dankbar wir Ihnen dafür sind«, antwortet der Gouverneur. »Victoria läßt sich dennoch mit der Entscheidung Zeit. Sie scheinen dort nicht zu sehen, wie kritisch die Lage inzwischen bei uns geworden ist. So lange Victoria zögert, sind mir die Hände gebunden, Ibramow.«

»Sie müssen bald handeln, Exzellenz. Drängen Sie Ihre Regierung, die Enteignung aller ausländischen Privatbetriebe und die Einsetzung staatlicher Fabrikdirektoren so schnell wie möglich durchzuführen. Das allein kann Ihnen eine Atempause verschaffen. Sonst ist es zu spät, und die Arbeiter übernehmen selbst die Betriebe.« Er macht eine Pause. »Mit den Amerikanern werden Sie sich doch arrangieren können. Angemessene Entschädigungen, bedeutende Aktienanteile, Beteiligungen an zukünftigen Entwicklungsprojekten. Das müßte doch genügen, um Washington zu beruhigen. Hauptsache, die Verstaatlichungen werden bald durchgeführt. Das wird das Vertrauen in Ihre revolutionäre Regierung wiederherstellen und den Qué-Qué den Boden unter den Füßen wegziehen.«

Der Gouverneur sitzt in Gedanken versunken da. Er hat die letzten Sätze des Russen kaum verfolgt. »Ich verstehe Sie nicht, Ibramow. Weshalb sind Sie eigentlich auf unserer Seite? Als Kommunist müßten Sie doch die Sache der Arbeiter unterstützen.«

»Sie irren, Exzellenz, wenn Sie glauben, daß wir nicht auf Seiten der Arbeiterklasse stehen. Das Interesse des Proletariats Ihres Landes ist es, die Republik gegen die Reaktion von Rechts auf möglichst breiter Basis zu verteidigen und nicht irgendwelchen Spinnern nachzulaufen, die fünf Stufen auf einmal überspringen wollen. Wenn Elemente wie die Qué-Qué glauben, nicht die bürgerliche, sondern die sozialistische Revolution stehe in Äquatoria auf der Tagesordnung, so helfen sie damit objektiv nur der Reaktion. Unsere revolutionäre Pflicht ist es, das Proletariat vor diesem verhängnisvollen Schritt zurückzuhalten. Das Land würde im Chaos versinken, wollten die Arbeiter in einem so rückständigen Land wie Äquatoria versuchen, die Wirtschaft von einem Tag auf den anderen zu übernehmen und den Sozialismus auszurufen.«

Der Gouverneur wird müde. Ihn beginnen die gelehrten Ausführungen des Russen zu langweilen. Ibramow bemerkt die nachlassende Aufmerksamkeit seines Gesprächspartners und bittet ihn, sich einige Minuten auszuruhen. »Nein, nein«, wehrt der Gouverneur ab. »Ich habe Ihnen mit großem Interesse zugehört. Wenn ich Sie recht verstanden habe, fürchten Sie, Ihren Einfluß in Äquatoria zu verlieren, falls die Arbeiter die Macht übernehmen. Verstaatlichungen unter Kontrolle unserer Regierung sind Ihnen am liebsten. Dann sind die Amerikaner draußen und Ihre Leute überall drin.«

Ibramow scheint etwas verärgert über die Offenheit des Gouverneurs. »Wollen Sie uns verdenken, daß wir realistisch handeln, Exzellenz? Wir haben uns damit abgefunden, daß der größte Teil der Welt noch vom Kapitalismus beherrscht wird. Wir können uns keine abenteuerliche Politik leisten, die das sozialistische Lager und die internationale Arbeiterklasse ins Unglück stürzen würde. Wir können der Menschheit den Sozialismus nicht aufzwingen.«

»Sehr gut! Sehr gut!« murmelt Joel Okwame.

Ibramow versucht, die Gunst der Stunde zu nutzen. »Sie wissen, daß Sie sich auf uns verlassen können. Unsere Militärberater stehen zum Abflug nach Gingerport bereit. Wir erwarten nur noch die Einwilligung Ihrer Regierung.«

»Ich werde mich darum bemühen«, erklärt der Gouverneur. »Bevor die Anarchie hier endgültig die Macht übernimmt, müssen wir handeln.«

Ein Diener bringt ein Telegramm herein. Joel Okwame wird nervös. »Es sieht schlecht aus, Ibramow. Die Altstadt von Gingerport scheint bereits unter Kontrolle der Qué-Qué zu sein. Vereinzelt wird jedoch noch gekämpft. Viele unserer Leute desertieren. Die Qué-Qué haben Erfolg mit ihrer Hetzpropaganda. Sie versprechen den Flüchtenden das Paradies auf Erden.«

Ibramow schenkt jetzt seinerseits dem Gouverneur einen Schnaps ein. »Trinken Sie, Exzellenz. Noch ist Äquatoria nicht verloren. Handeln Sie. Verstaatlichen Sie alle Betriebe auf eigene Verantwortung, wenn Victoria weiterhin zögert. Rufen Sie die Trennung von Victoria und die Unabhängigkeit Äquatorias aus. Nehmen Sie sich ein Beispiel an den Qué-Qué. Versprechen Sie der Bevölkerung, was Sie wollen. Später kann man immer noch darüber reden. Das hat sich hundertfach bewährt. Stellen Sie nur die Qué-Qué kalt, bevor es zu spät ist.«

Er wartet vergeblich auf eine Antwort des Gouverneurs. Joel Okwame hat eine eigene Idee.

Seit dem frühen Morgen errichten Einheiten der Armee einen hölzernen Aufbau vor dem alten Fort. Gegen Mittag sind die Arbeiten beendet. In der Mitte der Plattform steht ein von Lorbeerbäumen, Fahnen und Transparenten eingerahmtes Rednerpult. Recht und links davon sind Stühle aufgestellt, auf denen die Mitglieder der Provinzregierung, hohe Militärs, die Vertreter des diplomatischen Korps und angesehene Geschäftsleute Platz nehmen. Soldaten mit aufgepflanzten Seitengewehren bewachen die Bühne. In der Nähe stehen Panzer. Einige haben ihre Geschütze auf die Altstadt gerichtet, andere gegen die Menge auf dem Platz.

Der Independence Square ist nur zur Hälfte gefüllt. Die Menschen, die ihn sonst bevölkern, sind verschwunden. Statt der zahllosen Straßenhändler, Taschendiebe, Herumlungernden, Neugierigen und Bettler kommen hier an diesem Tag loyale Beamte, leitende Angestellte, Geschäftsleute, vor allem aber Polizisten und Soldaten zusammen. Im Café de la Libération sitzen einige Europäer und Amerikaner und beobachten die Szene.

Aus dem Lautsprecher dröhnt Marschmusik. Plötzlich wird sie unterbrochen. Würdevoll erhebt sich Gouverneur Joel Okwame in der Uniform des Obristen und schreitet zum Rednerpult. Er ist klein und rundlich. Über seinem Bauch spannt sich die ordensbehängte Uniformjacke. Sein Gesicht ist hinter der tief in die Stirn gezogenen Schirmmütze und der Sonnenbrille kaum zu erkennen. Dennoch sieht man deutlich, daß seine Hautfarbe dunkler als die seiner Umgebung ist. Dieser Hautfarbe verdankt er seine Berufung zum Gouverneur von Äquatoria. Die Zentralregierung hatte Okwame, den unehelichen Sohn eines hohen nördlichen Regierungsbeamten und einer aus Äquatoria stammenden dunkelhäutigen Mutter, in dieses Amt berufen, um der äquatorianischen Unabhängigkeitsbewegung entgegenzuwirken: die dunkle Haut Okwames sollte der lebende Beweis dafür sein, daß es keine Diskriminierung Äquatorias durch die Zentralregierung gibt.

Der Beifall für den Gouverneur ist mäßig. »Brüder und Schwestern« beginnt er seine Ansprache. »Wir haben uns in einer schweren Stunde versammelt, um Dämme gegen die Flut des Aufruhrs zu errichten. Eine böse Saat geht in diesen Tagen und Wochen in Äquatoria auf und droht uns alle zu vernichten. Unsere Kultur ist dem Chaos preisgegeben. Das Gespenst des Unglaubens und der Anarchie erobert das Land.

Aber noch sind wir nicht verloren. Wir werden kämpfen. Wir werden siegen. Wir werden alle gleich sein. Ausbeutung und Armut, Ungerechtigkeit und Verfolgungen werden der Vergangenheit angehören. Den ausländischen Räubern werden wir das Handwerk legen. Die Traditionen unserer Vorfahren werden zu neuer Blüte reifen. Liebe zum Vaterland und zur Religion, Disziplin und Ordnung sind die Pfeiler unserer Herrschaft. Unser nationaler Befreiungskampf geht seinem siegreichen Ende entgegen.«

Er macht eine kurze Pause und greift nach dem Glas neben sich.

»Mit sofortiger Wirkung steht das gesamte ausländische Kapital unter Kontrolle des Staates. Vor dem Staat sind alle gleich. Ob Mann oder Frau, Bettler oder Millionär, Bewohner unserer Städte oder Nomade in den unendlichen Weiten unseres geliebten Landes. In der Stunde der Not sind wir alle Äquatorianer. Lang lebe das unabhängige, blühende Äquatoria. Nieder mit dem Imperalismus.«

Der Beifall ist weiterhin mäßig. Hier und dort sieht man Erstauen auf den Gesichtern der Zuhörer.

»Was ist mit Okwame?« fragt einer der Amerikaner im Café de la Libération. »Der Mann geht zu weit. Die Aufregung der letzten Tage scheint ihm nicht bekommen zu sein.«

»Ein neues Glanzstück eures CIA« spottet einer der in der Raffinerie beschäftigten europäischen Ingenieure. »Schlimmer als damals in der Schweinebucht. Nun, immerhin hat uns euer Mann mit seiner Show einen freien Tag verschafft.«

Okwame spricht weiter. »Jeden Gegner unseres Vaterlandes werden wir erbarmungslos bekämpfen. Der Sozialismus — fest in der Kultur der Ahnen verwurzelt — ist unsere Zukunft. Nieder mit dem gottlosen Materialismus! Nieder mit der Anarchie!«

Er wartet auf neuen Beifall, der dieses Mal noch spärlicher kommt. In der Ferne hört man Schüsse. Über dem Fluß kreist ein Hubschrauber der Regierungsstreitkräfte, dessen Motorengeräusch die Rede des Gouverneurs schwer verständlich macht. Okwame steht selbstbewußt hinter dem Mikrophon. Er ist sicher, daß der Appell an Sozialismus und Religion seine Wirkung nicht verfehlen wird. »Aus der Asche der alten Gesellschaft wird siegreich die neue entstehen. Mord, Trunksucht, Unglaube, Disziplinlosigkeit und Laster werden verschwinden. Unser Land wird zu einer einzigen großen Fabrik. Jeder weiß endlich, wohin er gehört. Die Schmarotzer werden von der Straße verschwinden. Wer nicht arbeitet, hat auch keinen Anspruch darauf, anständig zu leben.«

»Okwame ist verrückt geworden«, stöhnen einige Amerikaner im Café de la Libération. »Wer zum Teufel hat ihm nur diese Rede zusammengeschrieben. Unser Mann ruft den Kommunismus aus. Freiheit des Individuums, freie Entfaltung der Persönlichkeit und der unternehmerischen Initiative, Demokratie und Fortschritt werden aus Äquatoria verbannt. Der Staat ist alles, schreit Okwame. Er sollte nicht vergessen, daß er ohne uns nichts ist.«

»Diese Show ist sein Ende«, meint ein anderer. »Statt zu kämpfen, schwätzt er. In der Altstadt stehen bereits die Barrikaden. Die Qué-Qué geben Waffen an die Bvölkerung aus. Und dieser Man hofft noch, mit Träumen von einer neuen Gesellschaft die alte retten zu können.« Wütend klebt er sein Kaugummi unter den Stuhl und schreit dem Ober zu, ihm noch einen Whisky zu bringen. »Zeit für uns, die Koffer zu packen. Das ist unser Dien Bien Phu.« Bevor der Whisky kommt, nimmt er seine Sonnenbrille vom Tisch, knöpft die Hose zu und schreit nervös nach dem Kellner um zu zahlen.

Aus der Altstadt hört man wieder Schüsse. »Ich glaube, die Qué-Qué werden bald hier sein«, sagt der nächste. »Ich glaube, für uns alle ist es besser, zunächst einmal zu verschwinden.«

Okwame hat seine Rede beendet. Kaum jemand klatscht. Er verläßt das Podium und steigt in eine kugelsichere schwarze Limousine, die neben der Bühne wartet. Hastig verabschieden sich die Ehrengäste voneinander und lassen sich in ihre Villen zurückfahren. Die Menge auf dem Platz zerstreut sich. Die Panzer rollen auf die Altstadt zu. Hundert Meter vor der Stadtmauer stoppen sie. Zwei Kompanien Infanterie springen in der Nähe der Brücke von ihren Lastern ab und gehen hinter der Stadtmauer und dem Fort Jesus in Stellung.

Eine gewaltige Explosion jagt die Brücke über dem Wajir in die Luft. Große Teile der Brücke versinken im Fluß; in den am Ufer liegenden Trümmern breitet sich Feuer aus. Die in Gingerport aufmarschierten Truppen sind vom Nachschub und vom Flughafen abgeschnitten. Einige Soldaten laufen davon. Mit der Pistole in der Hand versuchen die Offiziere, ihre Leute zusammenzuhalten.

Durch die Gassen der Altstadt hallt ein dumpfer Trommelrhythmus. Alle Zugangsstraßen sind durch Barrikaden gesperrt, die Häuser am Rande der Altstadt zu Festungen ausgebaut. Über die meisten Hauswände sind in den letzten Stunden Aufrufe zum Aufstand gemalt worden; aus vielen Fenstern hängen Fahnen mit dem Zeichen der Qué-Qué. Die Truppen wagen sich nicht mehr ins Zentrum von Gingerport. Die Altstadt ist zum befreiten Gebiet erklärt worden.

In den Gassen, die zum Hafen führen, sind hinter Barrikaden bewaffnete Männer und Frauen in Stellung gegangen. Aus den Häusern am Independence Square beobachten versteckte Scharfschützen jede Bewegung der Regierungstruppen. Eine Leuchtrakete gibt das Zeichen zum Angriff. Als die ersten Schüsse fallen und Soldaten, von den Kugeln des unsichtbaren Feindes getroffen, zusammenbrechen, geraten die anderen in Panik. Auch die drohenden Pistolen einiger Offiziere vermögen die Truppen nicht mehr zurückzuhalten. Blind vor Angst stürmen die Soldaten über den Platz und versuchen, über den Ringboulevard zu entkommen. Die Panzer feuern einige Granaten in die Altstadt und ziehen sich ebenfalls über den Boulevard zurück.

Als die Truppen abgezogen sind, strömen Tausende von Menschen auf den Independence Square: Arbeiter aus den

Zuckerfabriken in der Industriezone, Näherinnen aus den kleinen Textilwerken am Rande der Neustadt, Händler aus der Altstadt, neugierige Kinder, ängstliche Hausfrauen und einige Landarbeiter, die die Ereignisse der letzten Tage in die Stadt verschlagen haben. Überall wird die Entwicklung der vergangenen Stunden diskutiert. Man feiert den Sieg. Fahnen und Waffen werden durch die Luft geschwenkt, Knallkörper geschleudert, Freudenschüsse abgefeuert und die Transistorradios auf volle Lautstärke gedreht. Hier und dort wird getanzt. In der Nähe der niedergebrannten Brücke werden gleichzeitig junge Männer und Frauen in aller Eile im Waffengebrauch unterrichtet.

Im Café de la Libération sitzen nur noch zwei Europäer. Der Wirt hat inzwischen die Jalousien herabgelassen und die Stühle auf die Tische gestellt. Die beiden scheinen sich daran nicht zu stören. Niemand kommt mehr, um sie zu bedienen, seit der Ober nach der Rede Okwames abkassiert hat. Hin und wieder blickt der Wirt aus der Tür.

»Das Café ist geschlossen«, ruft er. »Wie oft muß ich es Ihnen noch sagen?«

Der Holländer übergeht die Bemerkung. »Zwei Gin, aber schnell.« Der Wirt rührt sich nicht. »Sollen wir dir Beine machen?«, schreit der Holländer. Erst als er seine Pistole herauszieht und auf den Wirt richtet, gibt dieser nach und geht mit einer Verbeugung ins Café zurück.

»Das ist die einzige Sprache, die die Kaffern verstehen« lacht er.

Sein Freund nickt. »Diese verdammten Nigger. Diese Nigger. Stürzen uns alle ins Unglück.«

Der Holländer zieht an seiner Zigarre. »Wenn man die Zügel nicht fest in den Händen hält, geht jeder Gaul durch.«

Das Gesicht seines Freundes verfinstert sich. »Ich glaube, für uns beginnen harte Tage.«

»Umso besser gehen die Geschäfte hinterher. Je mehr jetzt kaputt geht, desto größer später die Nachfrage.«

Der Wirt bringt den Schnaps und will kassieren. Der Holländer jagt ihn mit einem Fluch davon. Die beiden drehen sich um und blicken über die Menschenmenge.

»Zum Heulen, wie sich diese Armee aus dem Staub gemacht hat. Seit wir die Kaffern nicht mehr kommandieren, sind sie wieder die alten Waschlappen. Rennen wie die Hasen beim ersten Schuß davon.«

Er spuckt aus. »Komm, wir gehen zum Fluß und sehen uns das Schauspiel einmal aus der Nähe an.« Sie kippen ihren Schnaps hinunter und gehen los. Ein Arbeiter von den Plantagen stoppt die beiden. Ein neues Selbstbewußtsein zeichnet sein abgearbeitetes Gesicht. An seinem Gürtel hängt eine Machete.

»Mach Platz!« sagt der Holländer grob.

Der Mann greift zur Machete.

»Steck das Ding wieder ein«, befiehlt der Holländer und zieht seine Pistole. Sein Freund versucht, ihn zurückzuhalten. Doch bevor der Holländer die Pistole auf den Mann richten kann, saust dessen Machete durch die Luft und schlägt die Hand des Holländers vom Körper. In hohem Bogen spritzt das Blut auf den Platz. Wie erstarrt blickt der Holländer auf den Handstumpf und von dort auf die Hand und die Pistole, die inmitten der Blutlache auf dem staubigen Platz liegen. Plötzlich stößt er einen schrillen Schrei aus.

Der Landarbeiter steht jetzt mit erhobener Machete vor dem Freund des Holländers. Zitternd fleht dieser um sein Leben. Der Landarbeiter sieht ihn verächtlich an. Dann winkt er einige Freunde heran, die sich um den Verletzen kümmern sollen. Den anderen Europäer führt er als Gefangenen zum Fort.

Hinter dem Fluß geht die Sonne unter. Die verkohlten Pfeiler der Holzbrücke ragen in den gelben Abendhimmel. Das Volksfest auf dem Independence Square wird immer ausgelassener. Plötzlich hört man aus der Altstadt einen heftigen Schußwechsel, das Rattern von Maschinengewehren und hin und wieder die Einschläge von Granaten. Regierungsstruppen sind mit einem Überraschungsschlag von der Landseite her vorgedrungen und haben einige Barrikaden am östlichen Altstadtrand gestürmt. Flüchtlinge und Verwundete erreichen den Independence Square. In aller Eile ziehen die auf dem Platz anwesenden bewaffneten Aufständischen in die Altstadt, um den Vormarsch der Regierungstruppen aufzuhalten.

Die Tür wird aufgeschlossen und zwei Wärter betreten die Zelle. Sie rufen dem Gefangenen einige unverständliche Worte zu. Hay weiß, daß es wieder so weit ist. Mühsam erhebt er sich und zieht seine Häftlingskleidung zurecht. Auf dem Korridor kehrt die Angst zurück. In Gedanken erlebt er noch einmal die Verhöre der letzten Wochen. Es ist immer die gleiche Angst, die ihn packt, wenn er durch diese menschenleeren Gänge geschleppt wird. Er denkt daran, sich zu Boden fallen zu lassen und den Ohnmächtigen zu spielen. Er hat es einmal versucht. Es hatte nichts genützt. Sie hatten ihn brutal geprügelt und weitergeschleift.

Wie ein Automat steigt er die Stufen empor. Er kennt jede Einzelheit des Weges. Im ersten Stock kommt ihm bereits der Kommissar entgegen. Es ist das erste Mal, daß er ihn außerhalb seines Zimmers in diesem Haus sieht. Der Kommissar schüttelt ihm die Hand.

»Ich gratuliere Ihnen. Sie haben es geschafft.«

Hay sieht ihn mißtrauisch an. Er kennt inzwischen die Fallen, die der Kommissar immer wieder zu stellen versucht.

»Ist das wieder einer Ihrer Späße, oder wollen Sie mich wirklich freilassen?«

Der Kommisar lacht. »Einen Agenten des Imperialismus laufen lassen? Daß ich nicht lache. Aber Ihre Verhöre haben Sie hinter sich. Sie haben durchgehalten. Wir brauchen Ihre Informationen nicht mehr.«

»Haben Sie mich holen lassen, um mir das zu sagen?« fragt Hay.

Der Kommissar lacht wieder.

»Wo ist Calypso?« fragt Hay.

Der Kommissar sieht ihn plötzlich lauernd an. »Habe ich doch recht gehabt? Sie wissen mehr, als Sie uns verraten haben.«

Hay hat sich bereits wieder unter Kontrolle und schweigt.

»Hören Sie mal, was draußen los ist, Hay!«

In der Ferne ist Gewehrfeuer zu hören.

»Schüsse?« fragt Hay. »Was ist da los?«

»Der Aufstand Ihrer Freunde hat begonnen. Was immer Sie uns sagen können, ist sowieso überholt.«

»Weshalb lassen Sie mich dann nicht frei?«

»Sie wissen zuviel über uns. Außerdem können Sie uns vielleicht noch nützlich sein. Wir möchten Sie gegen einige von unseren Leuten austauschen. Vorausgesetzt, Calypso und ihre Freunde haben noch ein Interesse an Ihnen. Andernfalls werden Sie erschossen.«

Das Telefon klingelt. Der Kommissar hebt ab. Sein Gesicht verdüstert sich.

»Jawohl! Wird sofort vorbereitet. Alles wird planmäßig abgewickelt.«

Er hängt wieder auf.

»Was ist los?« fragt Hay.

Das Gesicht des Kommissars ist blaß. Er gibt keine Antwort. Er geht zur Tür und ruft die beiden Wärter herein. Ohne ein Wort zu sagen, führen die beiden Hay wieder in die Zelle. Selbst im Keller ist noch das Geräusch von Detonationen zu hören.

Die Sonne steht senkrecht über der Raffinerie. Zwischen den grauen Öltanks staut sich die Hitze. Bewegungslos hängt die gelbe Schwefelwolke über dem Werk. Seit Tagen ist es völlig windstill. Der Asphalt ist von der Hitze aufgeweicht. Die Reifen der Tanklastzüge haben in ihm tiefe Spuren hinterlassen.

Vor dem Verwaltungsgebäude warten Hunderte von Menschen: bewaffnete Arbeiter aus der Raffinerie und anderen Fabriken mit bunten Plastikhelmen auf dem Kopf; Marktfrauen, Obst- und Getränkeverkäufer aus der Stadt, die das Gerücht von guten Geschäften hierher getrieben hat; Bettler, die es auch mal hier versuchen wollen; Frauen und Kinder der im Werk beschäftigten Arbeiter; Guerrilleros, die in der Nacht eingetroffen sind. Wo an anderen Tagen die Wagen der Verwaltungsangestellten parken, zeigt sich heute ein buntes Durcheinander von Sonnenschirmen, Zeltdächern und auf dem Boden oder auf kleinen Tischen ausgebreiteten Waren. Die Menschen sind zu Fuß auf Maultierkarren, mit alten Fahrrädern oder klapprigen Lastwagen herbeigeeilt. Die Atmosphäre erinnert an ein Volksfest.

Neben der Eingangstür zum Verwaltungsgebäude hat ein Händler einen mit Kokosnüssen beladenen Wagen aufgestellt. Er hat alle Hände voll zu tun, um die frischen grünen Nüsse mit der Machete aufzuschlagen und an die Durstigen zu verkaufen. Überall liegen leere Nüsse herum. Neben dem Kokosnußhändler hockt eine alte Frau auf dem Boden und röstet Maiskolben über einem qualmenden Holzkohlenfeuer. Ihr faltiges Gesicht ist unter einem schwarzen Tuch verborgen. Mit geübten Fingern nimmt sie die Kolben vom Feuer, reibt sie mit Butter ein, streut Salz und roten Pfeffer darüber, drückt einige Tropfen Zitrone darauf aus und dreht die Maiskolben in geriebenem Käse. Dann erst gibt sie den Kolben an den nächsten der geduldig wartenden Kunden und läßt das Fünfcentstück in den Geldbeutel unter ihren Röcken gleiten. Eine Wahrsagerin geht auf und ab und versucht, Interessenten für ihre Künste zu finden. Doch an diesem Tag sind die Menschen zu sehr mit der Gegenwart beschäftigt, um Interesse an ihren Sprüchen über die Zukunft zu haben. Hinter ihr her läuft ein Haufen lärmender Kinder, die sich über die Alte lustig machen.

Auf dem Dach des Verwaltungsgebäudes weht eine rote Fahne mit dem Zeichen der Qué-Qué. Einige Arbeiter haben sich mit einem MG in der Nähe der Fahne postiert und beobachten das Geschehen. Auch über dem Eingangstor zum Werksgelände weht eine Fahne. Der Werkschutz hatte sich kurz nach Streikbeginn zurückgezogen. Gleichzeitig hatten auch die wenigen auf dem Raffineriegelände stationierten Soldaten mit zwei Lastwagen den Rückzug angetreten. Die meisten Angestellten waren ihnen gefolgt. Einige hatten das Verwaltungsgebäude jedoch zu spät verlassen und waren von den Arbeitern in den Büros eingeschlossen worden. Hin und wieder sieht man jetzt einen der Gefangenen an das Fenster seines Büros treten und auf den Platz herunterblicken. Die Besetzung des Betriebes durch die Arbeiter verlief hier wie in anderen Betrieben von Gingerport ohne Blutvergießen. Auf der Straße zum Tor stehen noch die Tankwagen, die das Werk nicht mehr verlassen konnten. Aus den geöffneten Fenstern des Hochhauses dringt Lautsprechermusik über den Platz. Manchmal wird die Musik von Durchsagen und Hinweisen unterbrochen.

Seit Stunden sitzen die Mitglieder des Streikkomitees in der Kantine zusammen. Unterschiedliche Ansichten prallen aufeinander. Eine Einigung ist noch nicht in Sicht. Immer wieder unterbrechen irgendwelche Durchsagen und Informationen die Diskussion. Das ständige Kommen und Gehen von Zuhörern erschwert zusätzlich eine geordnete Diskussion. Aber niemand hätte gewagt, unter Ausschluß der Öffentlichkeit tagen zu wollen. Die Nervosität nimmt angesichts der verfahrenen Lage von Minute zu Minute zu. Neben den Zigarettenautomaten ist eine kleine Funkanlage aufgebaut, über die die Streikenden die Verbindung zu den Führern des Aufstandes in der Altstadt aufrechterhalten. Dutzende von Neugierigen umlagern die Anlage.

Alle Versuche, endlich zu einer Entscheidung zu kommen, scheitern. Der unerwartet leichte Sieg am Morgen hat viele in einen Siegestaumel versetzt; nur eine Minderheit warnt davor, den Erfolg zu überschätzen und weist darauf hin, daß sich die Truppen kampflos zurückgezogen haben und ihre Kräfte wahrscheinlich für die Rückeroberung der Industriezone reorganisieren. Nur für kurze Zeit scheint die Ankunft einer Gruppe schwerbewaffneter Guerrilleros den Anwesenden zu Bewußtsein zu bringen, daß außerhalb des Werkes die Entscheidung noch nicht gefallen ist. Doch dann hat man sich bereits an das Erscheinungsbild der Qué-Qué gewöhnt.

Vergeblich haben einige Arbeiter die Öffnung des Getränkelagers, das an anderen Tagen der Versorgung der leitenden Angestellten und ihrer Gäste dient, zu verhindern versucht. Die Zahl der Betrunkenen wächst rasch an. Niemand vermag mehr, die zahlreichen aus der Stadt kommenden Menschen zu beeinflussen. Ohne Erfolg reden manche auf sie ein, warnen vor einem Überraschungsangriff der Armee, beschreiben die Gefahren, die der Raffinerie bei einem Beschuß durch die feindliche Artillerie oder durch einen Bombenangriff drohen und malen das Bild einer inmitten von Explosionen und riesigen Bränden untergehenden Industriezone. Wer so redet, wird niedergeschrien. Kaum jemand scheint mehr an eine Gefahr für die Raffinerie zu glauben.

Erst als kurz vor Sonnenuntergang der Gegenangriff der Regierungsstreitkräfte auf die Altstadt von Gingerport gemeldet wird, ändert sich — von einer Minute auf die andere — die Stimmung. Auf vielen, soeben noch sorglosen Gesichtern steht plötzlich Angst und Schrecken. Selbst die Betrunkenen spüren die veränderte Situation, verstummen und versuchen, sich davonzumachen. Die Stimmung ist gedrückt.

Wird die Armee jetzt auch zum Sturm auf die Raffinerie ansetzen? Stunden sind vertan worden, ohne daß hier draußen viel vorbereitet wurde. In wenigen Minuten wird jetzt ein zentraler Streikrat gewählt, der — gemeinsam mit den Qué-Qué — auch die militärische Verteidigung der Industriezone organisieren soll. In aller Eile werden endlich die ersten Abwehrmaßnahmen beschlossen. Wem eine Aufgabe zugewiesen worden ist, der verläßt die Kantine und beginnt draußen, Leute zu seiner Unterstützung zusammenzuholen.

Wie ein Lauffeuer verbreitet sich die Nachricht vom Gegenangriff der Armee. Die Schlangen vor dem Kokosnußverkäufer und der maiskolbenröstenden Alten lösen sich auf. Viele, die aus der Stadt gekommen sind, haben das Gefühl, in eine Falle geraten zu sein. In der Nähe des Haupttores und am Stacheldrahtzaun, der das Werk umgibt, beginnen Männer, aber auch einige Frauen, mit der Errichtung von Barrikaden und dem Ausheben von Deckungslöchern. Sie nehmen, was zu finden ist: Lastwagen, Baumaterialien, Möbelstücke aus dem Hochhaus, Rohre, Mülltonnen und Steine. Die Gruppen von Herumstehenden lösen sich auf. Die Kartenspieler stecken ihre Karten zusammen. Wer irgendwo im Schatten eingeschlafen ist, wird geweckt. Nur die Kinder kümmern sich kaum darum und rennen noch immer schreiend über den Platz.

Der Kokosnußhändler bekommt einen Wutanfall, als sein Lastwagen beschlagnahmt wird. Die Alte neben ihm stochert in der Glut unter ihren Maiskolben und tut, als ginge sie das alles nichts an. Eine Hand legt sie jedoch schützend über die Stelle, an der sie unter ihren Röcken die Tageseinnahmen verbirgt. Wer weiß schon, was diese Arbeiter noch alles vorhaben...

Die zum Hafen führende Pipeline wird von einigen Qué-Qué gemeinsam mit Arbeitern aus der Raffinerie bewacht. Sie haben sich außerhalb des Werksgeländes in den sandigen Boden eingegraben und MGs und Bazookas in Stellung gebracht. Hinter sich haben sie den Stacheldrahtzaun aufgeschnitten, um den Rückweg in die Raffinerie offenzuhalten. Durch ein Fernglas beobachten sie die Ebene. Am Horizont ist im Dunst der Abendsonne das Flughafengebäude zu sehen. Vor einigen Minuten haben sich dort einige Panzer und eine größere Zahl Lastwagen in Bewegung gesetzt. Sie rollen langsam auf die Raffinerie zu. Über ein Sprechfunkgerät teilt der Beobachtungsposten in der Nähe des Flughafens dem Streikrat jede Bewegung der anrückenden Truppen mit.

Durch das Loch im Zaun kommt Calypso. Sie trägt eine olivgrüne Uniformjacke und dunkle Jeans. Über ihrer Schulter hängt eine Maschinenpistole. Ihr Gesicht ist übermüdet und von einer hellen Staubschicht bedeckt. Eine Sonnenbrille schützt ihre Augen. Ihr Haar ist kurz geschnitten. Die linke Hand steckt in einem verschmutzten Verband.

»Wie sieht es bei euch draußen aus?« fragt sie.

Einer der Qué-Qué zuckt mit den Schultern. »Ein merkwürdiges Gefühl, die Panzer näher kommen zu sehen. Am liebsten möchte ich laufen, so weit die Füße tragen. Diese Raffinerie ist ein Vulkan vor dem Ausbruch.«

»Ich weiß. Wenn das Zeug hier in die Luft fliegt, bleibt von uns nicht viel. Wir müssen versuchen, uns möglichst weit vor der Anlage zu verteidigen. Ich glaube aber auch nicht, daß die Armee ein Interesse hat, die Raffinerie zu zerstören. Ohne den Treibstoff ist die Armee bewegungsunfähig. Deshalb wird sie vorsichtig sein.«

Einer der Arbeiter winkt Calypso zu sich heran. »Wie sieht es drinnen aus?« fragt er.

»Die Angst scheint die Leute endlich dazu zu bringen, was zu tun. Selbst die meisten Säufer sind wieder halbwegs nüchtern und begreifen, was auf dem Spiel steht. Die meisten Menschen starren allerdings noch immer auf das Hochhaus, wo einige Akrobaten gerade *Sieg oder Tod* auf die Wände sprayen.«

Calypso setzt sich. Ihr Rücken lehnt an der schwarzen Außenhaut der Pipeline.

»Sind genug Waffen da?« fragt jemand.

»Nicht viel mehr, als wir aus Desert Springs rübergeschafft haben.«

Das Funkgerät unterbricht das Gespräch für einen Augenblick.

»Glaubst du, daß wir eine Chance haben?« fragt der Mann nach einigem Zögern. »Ich habe Angst.«

»Ich hoffe es. Die Entscheidung fällt in Gingerport. Können wir uns dort nicht halten, sind wir auch hier erledigt.«

»Die Waffen aus Europa sind also nicht mehr bei uns eingetroffen?«

Sie schüttelt den Kopf. »Der Inglés ist nicht in Rom angekommen. Wir haben es erst vorgestern erfahren.«

Nachdenklich kaut sie auf einem Sonnenblumenkern.

»Vielleicht hat er sich abgesetzt« sagt der Mann.

»Ich glaube es nicht. Ich vertraue Hay. Möglicherweise hat er nicht einmal Äquatoria verlassen. Wir hätten ihn in Gingerport nicht aus den Augen lassen dürfen.«

Sie spuckt den Kern zwischen ihre Füße und denkt an Hay. Sie hat Angst um ihn. Sie möchte ihn wiedersehen, diesen merkwürdigen Fremden aus London, der für sie so schnell mehr war als nur ein Auftrag im revolutionären Plan der Qué-Qué. Oft hat sie in den vergangenen Wochen über seine Frage nachgedacht, wohin der Weg der Qué-Qué führen wird, sollten sie siegreich sein. Sie fühlt sich seit jener Begegnung mit Hay unsicher, sucht nach Menschen, mit denen sie über ihre Zweifel sprechen kann und findet doch keine: in der revolutionären Maschinerie, die sich in Bewegung gesetzt hat, scheint kein Platz mehr für Fragen zu sein. Sie möchte Hay neben sich haben, ihn berühren und fühlen. Immer wieder ist sie verwundert, daß ihr Haß auf alle Weißen von den Gefühlen für Hay derart durchbrochen werden konnte. Und dann erscheint es ihr auch wieder als etwas Selbstverständliches.

Einer der Männer unterbricht ihre Gedanken: »Wenn ich nur wüßte, ob man sich auf die Leute in der Raffinerie verlassen kann. Wir hätten das Stadtvolk nie reinlassen sollen. Wenn der Haufen in Panik kommt...«

Er bemerkt, daß Calypso mit ihren Gedanken woanders ist und läßt sie in Ruhe. Die ist nicht wie sonst, denkt er.

Über der Raffinerie kreist ein kleines Sportflugzeug.

»Mr. President möchte wissen, was bei uns los ist«, lacht einer der Guerrilleros.

Auf der anderen Seite des Zaunes beginnt ein MG auf das Flugzeug zu schießen. Langsam dreht die Maschine ab.

Calypso legt sich auf die Erde, schließt die Augen und versucht, sich zu entspannen. Doch ihre Gedanken können sich nicht von Hay lösen. Sie hat das Gefühl, daß er in höchster Gefahr ist.

»Los, aufstehen!«

Hay springt auf. Vor ihm stehen die beiden Wärter. Sie sind noch aggressiver als sonst. Sie legen ihm Handschellen an und prügeln ihn die Treppe rauf.

Die Tür zum Zimmer des Kommissars steht weit offen.

»Jawohl, Kommandeur!« hört Hay die Stimme des Kommissars. »Die Einheit wird nach Mongalla verlegt. Wir rücken sofort aus.«

Der Mann legt den Hörer auf und sieht Hay vor seinem Schreibtisch stehen.

»Haben Sie's gehört? Wir ziehen um. Kleiner taktischer Rückzug ins Hinterland zur Reorganisierung unserer Kräfte. Ihre Freunde sind keine Anfänger. Hören Sie mal.«

In der Ferne hört man Gewehrfeuer und das Geräusch heftiger Detonationen.

»Das ist unten am Hafen. Wir nehmen Sie mit, Hay. Je besser es für Ihre Genossen aussieht, desto schlechter steht es um Sie persönlich.«

Er ruft Ali und wendet sich dann wieder an Hay. »Noch ist das letzte Gefecht nicht geschlagen. Freuen Sie sich nicht zu früh.«

Ali schleppt zwei schwere Koffer herein. »Alles fertig, Chef. Wir können los.«

Der Kommissar und Ali gehen voraus. Hay marschiert zwischen den beiden Wärtern. Es ist bereits Nacht. Im Hof werden Lastwagen mit Waffen, Munition und wichtigen Dokumenten beladen. In der Mitte des Platzes brennt ein großes Feuer, in das Angestellte des Ministeriums Stöße von Papieren werfen. Vor einem Lastwagen prügeln sich Uniformierte und Zivilisten um die letzten freien Plätze. Alles ist in Panik, rennt kopflos durcheinander.

Neben dem Eingang steht ein von zwei Soldaten bewachter Jeep. Ali setzt sich ans Steuer, der Kommissar neben ihn. Die beiden Wärter nehmen auf dem Rücksitz Platz. Hay muß sich auf den Boden legen. Die Wärter fesseln seine Beine und verbinden seine Augen. Die Soldaten am Eingang bringen der Besatzung des Jeep Maschinenpistolen und Munition. Der Kommissar ist nervös. »Fahr los! Wir haben keine Zeit zu verlieren.« Ali startet. Die Männer haben die MPs schußbereit auf den Knien liegen. Sie fahren an den Sandsackbarrikaden vorbei auf den Boulevard. Die Straße ist völlig verstopft. Tausende von Menschen sind auf der Flucht.

An einer Straßensperre werden sie von Soldaten angehalten. Hinter Sandsäcken und Stacheldrahtrollen liegen MG-Schützen.

»Wie weit sind die Qué-Qué?« fragt der Kommissar.

»Sie scheinen die Altstadt zurückzuerobern. Von Haus zu Haus. Tote. So viele Tote.«

»Keine Sentimentalitäten, Mann. Ist der Weg nach Norden noch frei?«

Der Soldat nickt. »Ich glaube ja. Bislang haben wir von dort noch nichts gehört, Sir.«

»Weiter!« befiehlt der Kommissar seinem Fahrer. »Richtung Tiger Bay.«

Der Soldat steht stramm und läßt sie passieren. Das Gedränge auf den Straßen wird noch dichter. Ali bahnt sich rücksichtslos seinen Weg. Er hupt ohne Unterbrechung. Wenn es trotz allem nicht schnell genug geht, springt der Kommissar von seinem Sitz auf, fuchtelt mit der Waffe in der Luft herum und brüllt die Leute an, die ihm im Weg sind.

Am Stadtrand endet die Asphaltstraße. Dichte Staubwolken

steigen in den von Leuchtspurmunition erhellten Nachthimmel. Noch immer reißt die Kette der Flüchtenden nicht ab.

»Hier rein!« ruft der Kommissar an einer kleinen Kreuzung. »Vielleicht geht's am Fluß schneller. Auf der Hauptstraße kommen wir nie durch.«

Ali reißt das Steuer herum und biegt in eine schmale, menschenleere Piste ein, auf der kaum Flüchtlinge zu sehen sind. Rechts und links des Weges wächst meterhohes Zuckerrohr. Nach einigen Minuten erreichen sie die Ausläufer der Lagune. Die Piste wird schlammig. Manchmal droht der Wagen im Sumpf steckenzubleiben. Ali versucht, die Strecke im Licht der abgeblendeten Scheinwerfer zu erkennen. In der Lagune spiegelt sich der von Feuerschein und Leuchtspurgeschossen erhellte Nachthimmel. Die Männer halten ihre Waffen schußbereit in den Händen. Auf einer kleinen Anhöhe befiehlt der Kommissar, einen Augenblick anzuhalten. Er stellt sich aufrecht in den Wagen und blickt durch sein Fernglas auf die Stadt zurück.

»Diese Schweine« schreit er.

Der Himmel ist rot von Glut.

»Diese Schweine!« wiederholt er. »Ich glaube, sie haben die Raffinerie getroffen. Was für ein Feuer!«

Hay versteht jedes Wort. Er ist trotz der Schmerzen, die ihm die auf seinem Rücken herumtrampelnden Wärter bereiten, einen Moment glücklich. Die Qué-Qué sind im Vormarsch. Auch ohne seine Hilfe. Die Raffinerie steht in Flammen. Der Kommissar ist auf der Flucht. Calypso — ihr Plan scheint aufzugehen. Und er selbst? Ein Abenteurer aus Europa, der davon träumte, Geschäft und gute Taten miteinander zu verbinden und dabei zwischen die Fronten geriet. Er versucht an die Zukunft zu denken, aber er sieht keine. Der Apparat arbeitet an seiner Zerstörung. Er ist ihm hilflos ausgeliefert. Er kann nicht einmal mehr mit dem sprechen, der über sein Leben bestimmt, dem Kommissar. Wie ein Stein liegt ihm der Knebel im Mund. Stoßweise atmet er durch die Nase. Er spürt wieder die Angst, diese allmächtige Angst. In Gedanken tanzt er einen Calypso. Seinen letzten. Den Totentanz. Und die Frau, die den Namen dieses Tanzes trägt, die Frau, die er liebt, sie trommelt dazu einen aufwühlenden, tropischen Rhythmus. Der Traumtanz bricht ab. Nein, er will leben, er hat in diesen Wochen ein Ziel gefunden. Er könnte den Kommissar mit eigenen Händen erwürgen, um frei zu sein. Aber er kann niemanden erwürgen. Er liegt gefesselt und geknebelt, die Augen verbunden, unter den schweren Stiefeln der Soldaten.

Ihm bleibt nichts als seine Angst. Bilder aus der Vergangenheit steigen in ihm auf: das Massaker von Mbonu, die Hinrichtungen auf der »Salem«, Calypso im Käfig... Ihm wird übel. Er fühlt Schweißtropfen über sein Gesicht laufen.

»Der Kerl nützt uns nichts mehr« sagt der Kommissar. »Schmeißt ihn raus.«

Die Wärter packen Hay und werfen ihn aus dem Wagen. Dumpf prallt er auf der Erde auf. Der Kommissar richtet seine Uzi auf den am Boden liegenden Hay, schaut seine MP fast verliebt an und feuert dann ein ganzes Magazin leer.

»Das wird wohl reichen«, sagt er, plötzlich zitternd, und wischt sich den Schweiß von der Stirn. Er läßt die MP neben sich auf den Sitz fallen und steckt sich eine Zigarette an. »Los weiter, Ali, Wir müssen versuchen, bis Mongalla durchzukommen.«

Ali legt den Gang ein und gibt Gas. Der Jeep fährt die kleine Anhöhe hinab. Der Himmel ist rot vom Feuerschein der brennenden Raffinerie.

»Was für eine Nacht« sagt der Kommissar. Er legt seine Hand um die Maschinenpistole und schließt die Augen vor Müdigkeit.

Etwas weiter führt die Straße in einer scharfen Kurve von der Bucht ins Zuckerrohr zurück. Dort fährt der Wagen auf eine Mine. Staub, Erde, Metallsplitter, Pflanzenreste und zerfetzte Menschenkörper werden durch die Luft geschleudert. Als der Rauch der Explosion abzieht, ist an der Stelle, wo der Jeep fuhr, nur noch ein tiefer Krater, der sich langsam mit Wasser füllt.

literarisches programm

Jusuf Naoum
Karakus und andere orientalische Märchen
Märchen zum Schmökern und Vorlesen für Kinder und Erwachsene. Ein tiefsinnig-fröhliches Lesevergnügen. Karakus – der Till Eulenspiegel des orientalischen Märchens.

Werner Waldhoff
Der tiefere Grund des Meeres. Kriminalgeschichte
Wie man einen Luxus-Liner in tropischen Breiten kapert und ausraubt. Eine inspirierende Kriminal- und Abenteuerstory des Thriller-Erfolgs-autors Waldhoff.

Doris Lerche/Peter Zingler (Hrsg.)
Romanfabrik. Geschichten und Bilder
Was passiert, wenn Künstler, Schriftsteller und Journalisten zusammen-leben? Die Romanfabrik – alles andere als künstlerischer Eintopf.

Ursula Sigismund/Peter Zingler (Hrsg.)
Schonzeit für Diebe. Erlebtes, Erdachtes, Erträumtes, Ergrimmtes
Menschen im Knast schreiben gegen ihre Entmündigung und Isolation.

Leona Siebenschön
Niemandskind
„Dicht, detailgenau, sprachlich originell entsteht das Bild eines ganzen Jahrhunderts." (*Stern*) Ein Dokument der Trauer und der Liebe aus unse-rer immer noch unbewältigten Vergangenheit.

W. Fienhold/K. F. Schmidt-Mâcon/A. Seide (Hrsg.)
KindheitsVerluste
Erfahrungen der Zerstörung von Kindheit durch Krieg und Gewalt – eine Anthologie im Auftrag des Fördervereins des Verbandes Deutscher Schriftsteller, Hessen.

Volkhard Brandes
Den letzten Calypso tanzen die Toten.
Eine tropische Revolutions-Romanze
„Ein Abenteuerroman? Ein Buch über Befreiungskämpfe? Beides. Ein spannendes Buch, das Interesse wecken wird, mehr zu erfahren." (*West-deutsche Allgemeine Zeitung*)